이영도

1972년생. 경남대학교 국어국문학과 졸업. 1998년 여름, 컴퓨터 통신 게시판에 연재했던 첫 장편 『드래곤 라자』가 출간되어 100만 부를 돌파함으로써 한국 판타지 문학의 붐을 일으켰다. 이후 『퓨처워커』, 『폴라리스 랩소디』, 『눈물을 마시는 새』, 『피를 마시는 새』, 『그림자 자국』, 『오버 더 초이스』 등의 장편소설을 연이어 발표하였다. 『드래곤 라자』는 여러 차례 게임 및 만화와 라디오 드라마로도 제작되었으며, 일본과 중화권에 수출되어 100만 부 이상의 판매고를 올렸다. 2004년에는 판타지 소설 최초로 고등학교 문학 교과서에 수록되기도 하였다. 2022년에는 『눈물을 마시는 새』가 한국 단행본 역사상 최고 선인세로 영어, 독어, 불어, 일어, 스페인어, 이탈리아어, 아랍어를 비롯한 전 세계 17개 언어권에 수출되며 화제를 모았다.
그가 발표한 작품은 대부분 드라마형 오디오북으로 제작되었는데, 이중 『눈물을 마시는 새』가 한국 전자출판 우수상을 수상하기도 하였다. 그 외에 중단편집 『오버 더 호라이즌』, 『별뜨기에 관하여』, 중편소설 『시하와 칸타의 장 – 마트 이야기』가 있다.

그림 이수연
디자인 김나연

이영도 필사노트 vol.1

후회는
부정된
자신에의
그리움

이영도 필사노트 vol.1

후회는 부정된 자신에의 그리움

이영도 글 | 황금가지 편집부 엮음

황금가지

후회는 부정된 자신에의 그리움
이영도 필사노트 vol.1

1판 1쇄 찍음 2025년 10월 24일
1판 1쇄 펴냄 2025년 11월 7일

지은이 | 이영도
발행인 | 박근섭
편집인 | 김준혁
책임 편집 | 김준혁, 장은진, 장미경, 정경혜, 정미리
펴낸곳 | 황금가지

출판등록 | 2009. 10. 8 (제2009-000273호)
주소 | 06027 서울 강남구 도산대로 1길 62 강남출판문화센터 5층
전화 | 영업부 515-2000 편집부 3446-8774 팩시밀리 515-2007
홈페이지 | www.goldenbough.co.kr

도서 파본 등의 이유로 반송이 필요할 경우에는 구매처에서 교환하시고
출판사 교환이 필요할 경우에는 아래 주소로 반송 사유를 적어 도서와 함께 보내주세요.
06027 서울 강남구 도산대로 1길 62 강남출판문화센터 6층 민음인 마케팅부

ⓒ ㈜민음인, 2025. Printed in Seoul, Korea
ISBN 979-11-7052-665-0 04810 (1권)
ISBN 979-11-7052-668-1 04810 (set)

㈜민음인은 민음사 출판 그룹의 자회사입니다.
황금가지는 ㈜민음인의 픽션 전문 출간 브랜드입니다.

차례

이영도 작가의 필사노트를 시작하며 … 6

더스번 칼파랑과 사란디테 연작 … 9

에소릴의 드래곤 / 샹파이의 광부들 /
에피소드 — 스페란 도서전에서 / 어스탐 경의 임사전언

티르 스트라이크 연작 … 113

오버 더 호라이즌 / 오버 더 네뷸러 / 오버 더 미스트 / 오버 더 초이스

이영도 작가의 단편들 … 201

카이와판돔의 번역에 관하여 / 구세주가 된 로봇에 대하여 /
별뜨기에 관하여 / 복수의 어머니에 관하여 /
순간이동의 의미에 관하여 / 나를 보는 눈 /
아름다운 전통 / 전사의 후예 / SINBIROUN 이야기 /
봄이 왔다 / 시하와 칸타의 장 — 마트 이야기 / NFFNSNC

폴라리스 랩소디 … 243

6

이영도 작가의 필사노트를 시작하며

이영도 작가의 작품을 출판하기 시작한 지 어느덧 근 30년에 이른다. 그간 이영도 작가가 집필한 작품들의 면면을 떠올려 보면, 주옥 같은 문장이 떠오르지 않는 글이 없다. 아예 이영도 작가의 작품 속 명대사 목록만 따로 발췌해서 돌아다닐 정도였다. 그러다 보니 필사노트 제작은 정해진 수순이었다. 이영도 작가에게 필사노트 제작의 승낙을 받고 본격 출판을 준비하기 전에, 우선 네이버 카페를 통해 독자들에게 필사노트에 들어갈 문장을 추천받았다. 한 권 정도로 가볍게 준비하려는 마음이었다. 그러나 본격 준비를 위해 전 작품의 텍스트를 대상으로 편집자 모두가 붙어 문장을 발췌하기 시작하자, 그 양이 예상을 넘어섰고, 발췌문 중에서 선별하려니 무엇 하나 아깝지 않은 문구가 없었다. 고민 끝에 총 3권으로 기획을 확장하고, 이에 따라 수록 작품을 다음과 같이 구분하기로 했다.

우선 새롭게 출간되는 장편소설 『어스탐 경의 임사전언』에 맞춰 '더스번 칼파랑과 사란디테 연작'을 담은 필사노트를 처음으로 출간하기로 했다. 중단편이다 보니 자연스레 '티르 스트라이크 연작' 중단편과 『별뜨기에 관하여』 및 황금가지에서 미출간된 중단편이 포함되었다. 장편소설 중에선 『폴라리스 랩소디』가 연작 장편이 없기에 함께 수록할 수 있었다. 『폴라리스 랩소디』의 소제목 「후회는 부정된 자신에의 그리움」을 필사노트 Vol.1의 제목으로 선정한 후, 나머지 권들의 구성과 권제를 확정하였다. Vol.2에는 『드래곤 라자』를 시작으로 『퓨처워커』, 『그림자 자국』과 '어느 실험실 풍경 연작'을 담아내어 『나는 단수가 아니다』란 제목으로, Vol.3에는 『눈물을 마시는 새』와 『피를 마시는 새』를 비롯한 관련 엽편들에서 문장을 발췌하였고, 『셋이 하나를 상대한다』라는 제목으로 순차 출간을 준비하게 되었다.

필사를 위해 수록하는 문장들은 다음과 같은 기준을 정해 선별했다. 우선 잘 알려진 문장이 첫 선택지였다. 다만 유명하기 때문에 잘 알려진 문장이라 해도 간혹 '나는 단수가 아니다'처럼 너무 짧은 문장이 적지 않은 게 고민이었다. 긴 논의 끝에 짧은 글귀도 여백에 신경 쓰지 않고 개별 장으로 담아내기로 했다. 둘째로 필사하기에 좋은 긴 문장들이 선택지였다. 이영도 작가의 서술엔 필사하기에 딱 좋은 긴 문장들이 여럿 있는데, 문장에 막힘이 없고 수려하기에, 필사하기 더없이 좋은 문장들이다. 셋째로 인상 깊은 장면이나 재미있던 장면을 선별했다. 필사하며 작품을 읽을 때의 감정을 되짚어보기 좋으리라 생각되는 문구들이 대상이었다. 이렇게 편집부의 엄선을 통해 정리한 다음, 천여 개에 이르는 발췌 글 중 우선 추려내고 다시 편집 선별 작업 이후 남은 글이 최종적으로 본 책에 담긴 백여 개의 문장들이다. 각 발췌문은 원작 시리즈별로 묶었는데, 서두에는 편집자 노트를 통해 출간이나 발표 경위와 관련 짧은 비하인드를 담아 읽을거리를 추가하였다.

혹여 아쉽게도 수록되지 못한 글이 있다고 판단된다면, 필사노트 마지막에 비워둔 필기 공간을 통해 형식에 얽매이지 않고 자유롭게 필사하고 음미하는 것도 이 필사노트를 즐기는 또 다른 매력이라는 제안을 드린다.

— 황금가지 출판사 편집부

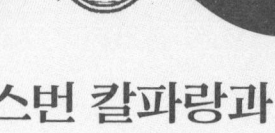

더스번 칼파랑과 사란디테 연작

에소릴의 드래곤

샹파이의 광부들

에피소드 – 스페란 도서전에서

어스탐 경의 임사전언

편집자 노트

무적 기사 더스번 칼파랑과 늑대 여인 사란디테가 처음 등장하는 단편소설 「에소릴의 드래곤」과 「샹파이의 광부들」은, 2009년 3월에 네이버 오늘의 문학이라는 코너에 수록할(당시 이 코너는 네이버 메인 페이지에 노출되어 많은 독자 유입이 가능했다.) 기획 원고를 청탁했을 때 받은 두 편의 연작 단편소설이다. 드래곤 란데셀리암에게 붙잡혀온 사슴 인간 조빈과 나리메 공주가 한 끼 식사로 드래곤에게 잡아먹히지 않으려고 함께 머리를 짜내어 서로 자기들이 맛없다고 주장하는 중에, 사슴 인간을 사랑한 늑대 인간과 공주가 절대 구출받고 싶지 않은 중년의 기사가 이들을 구하러 온다는 설정은 짧은 분량임에도 그 후속작을 기다리게 만들기 충분한 재미와 완성도, 그리고 개성이 넘치는 작품이었다. 「에소릴의 드래곤」은 약 1년 정도 네이버 오늘의 문학을 통해 공개됐다가, 2018년에 단편집 『오버 더 호라이즌』에 후속 단편인 「샹파이의 광부들」(단편 앤솔러지 『커피 잔을 들고 재채기』에 먼저 수록 출판되었다.)과 함께 수록 출판되었다. 엽편 「에피소드 — 스페란 도서전에서」는 2022년 6월, 서울 국제 도서전에서 발매할 특별 소책자 『도서전에서 생긴 일』을 기획하며, 도서전에서 벌어지는 일에 관한 짧은 분량의 작품을 요청했을 때 받은 엽편 원고이다. 제목에 '에피소드'가 들어가서 '스페란 도서전에서'만 제목으로 읽히기 쉽지만, 저자는 「에피소드 ― 스페란 도서전에서」가 정확한 제목이라고 밝혔다. 더스번 칼파랑과 사란디테를 주인공으로 한 장편소설에 대하여서는, 편집자의 개인 요청 외에도 여러 독자들의 꾸준한 요청이 있어 왔으나, 이영도 작가가 집필할 만한 계기가 마련되지 않았다. 그러다 2025년 초에 『피를 마시는 새 출판 20주년 일러스트 특별판』을 준비하면서 독자들에게 함께 선보일 새로운 원고 요청을 하였을 때, 저자가 약 2달여의 집필 기간을 거쳐 드디어 더스번 칼파랑과 사란디테를 주인공으로 한 장편소설 『어스탐 경의 임사전언』을 완성하였다.

12

"위로를 싼값에 구하면 슬픔도 싸지지.
그러다 보면 삶에 남는 게 없소."

『오버 더 호라이즌』 수록작 「에소릴의 드래곤」 중

Date   /   /

14

더스번 칼파랑은 무적의 무사다. 물론 갑옷을 잘 갖춰 입고 잘 손질된 무기도 들어야 하며 전날 폭음을 하지도 않아야 하지만, 그런저런 사소한 조건들이 모두 갖춰졌을 경우 그는 틀림없이 무적이다.

더스번 경은 벽을 등지고 있을 경우 세 명의 적수와 동시에 싸울 수 있다. 그런데 벽이 없을 경우엔 여덟 명과 동시에 싸울 수 있다.

더스번 경이 전장에 홀로 서 있을 때 경은 낙오된 것이 아니다. 경이 나머지 아군 전부를 낙오시킨 것이다.

『오버 더 호라이즌』 수록작 「에소릴의 드래곤」 중

15

Date   /   /

16

더스번 경은 누군가를 두드려 팰 때 상대방의 신분은 고려하지 않았다. 그보다는 상대방과의 거리를 훨씬 중요하게 여겼다. 그리고 상대방이 맞을 만한가부터 고려해야 하는 것 아니냐는 지적을 받으면 그런 지적을 한 자와의 거리를 주의 깊게 가늠하곤 했다.

『오버 더 호라이즌』 수록작 「에소릴의 드래곤」 중

18

"저 방금 실연당했어요."

"그래서? 어쩌라고?"

"위로 해줘야잖아요."

"내가 빚진 건 빤한 충고뿐인데. 위로는 빚진 것 없소."

"그럼 제가 빚지죠. 다음에 갚을게요. 위로 좀 해주세요."

『오버 더 호라이즌』 수록작 「에소릴의 드래곤」 중

19

Date   /   /

20

"그게 통할까요? 전 드래곤을 말로 설득해서 살아난 사람 이야기는 들어본 적이 없어요."
"나도 들어본 적 없소. 하지만, 쳇. 무슨 일이든 최초의 경우라는 것이 있으니."

『오버 더 호라이즌』 수록작 「에소릴의 드래곤」 중

Date   /   /

22

"이봐. 너희 집에 몰래 들어온 걸 사과해야 한다고 느낄지도 모르지만, 너도 납치 같은 짓은 하지 말았어야 했어. 보다시피 우린 이제 떠날 참이니 개개지 말고 비켜. 알려 주는데, 여기 있는 여자는 조금 전에 짝사랑하던 남자한테 꺼지라는 말 들었다고. 건드리면 큰일 나."
란데셀리암은 여자가 어디 있냐고 물으려 했다.
그때 호리호리한 남자가 여자 목소리로 말했다.
"게다가 이 기사님은 죽도록 여자 뒤치다꺼리하고는 다른 남자들이 재미 보는 것 구경해야 하는 남자라고. 그러니 강할 수밖에 없잖아. 건드리면 안 될걸."
더스번 경이 으르렁거렸다. "실연녀."
사란디테가 대꾸했다. "좋은 남자."
란데셀리암이 말했다. "전채와 간식."

『오버 더 호라이즌』 수록작 「에소릴의 드래곤」 중

23

Date   /   /

24

"나는 레돔과 스미리의 아들 더스번 칼파랑이다! 카쉬냅의 백작이며 지극히 존귀하신 게잘 왕의 기수다. 그리고 여기 있는 숙녀는 미네골 숲에서 온 사란디테 양이다! 귀하는?"

란데셀리암의 표정이 의혹으로 바뀌었다. 자신을 물끄러미 바라보는 드래곤의 얼굴을 마주 보던 경은 그냥 씩 웃고는 앞으로 달려가려 했다. 그때 란데셀리암이 말했다.

"나는 히바카네어와 베그체레스의 아들 란데셀리암이다. 내 어머니의 아들로서 물려받은 에소릴의 주인이자 또한 그 수호자다."

더스번 경은 돌진하기 위해 숙였던 허리를 들어 올렸다. 꼿꼿이 선 그는 곡괭이 머리를 왼손으로 탕 때렸다.

"더스번 칼파랑과 사란디테는 에소릴의 주인이자 수호자인 란데셀리암에게 도전한다! 우리는 너를 굴복시키고 이 성을 떠날 것이다. 도전을 받아들이는가?"

란데셀리암의 거대한 날개가 폭발하듯 펼쳐졌. 힘 그 자체를 변화시켜 만들어낸 듯한 날개를 꿈틀거리며 란데셀리암이 말했다.

"나 란데셀리암은 카쉬냅의 백작이자 게잘 왕의 기수 더스번 칼파랑과 미네골에서 온 사란디테의 도전을 기꺼운 마음으로 받아들인다! 나를 이기지 않고선 에소릴을 떠날 수 없다!"

『오버 더 호라이즌』 수록작 「에소릴의 드래곤」 중

26

"자책할 일 맞거든? 술 취한 채 맡은 것이긴 하지만 난 협상단장이오. 승리는 병사의 것이고 패배는 장군의 것이지. 거기에 불가항력이었다는 말이 들어갈 틈은 없소."

『오버 더 호라이즌』 수록작 「샹파이의 광부들」 중

27

Date   /   /

28

"하지만 그것보다는 주인님의 마지막 밧줄이 되고 싶지 않아서예요. 그냥 떨어지시면 어때요?"

"……죽을 텐데?"

실은 가슴이 벅찼다.

"날 수도 있어요. 떨어지지 않으면 알 수 없죠."

『오버 더 호라이즌』 수록작 「샹파이의 광부들」 중

29

Date   /   /

아른은 패자에게 가혹한 세상에서 비루해지고 비참해지고 비굴해질 각오가 되어 있었다. 하지만 그때가 올 때까진 그가 미덕이라 여기는 것, 이 세상엔 절대 없을 미덕 한 가지쯤은 지키고 싶었다.
그 추억으로 남은 생을 버텨야 할 것이 뻔하기 때문에.

『오버 더 호라이즌』 수록작 「샹파이의 광부들」 중

Date   /   /

32

"이윤은 공정한 거래를 통해 추구하는 거야! 거래가 공정하지 않으면 그 순간 이윤 추구는 강도질이 될 뿐이다."

『오버 더 호라이즌』 수록작 「샹파이의 광부들」 중

Date   /   /

34

"신앙은 여건이 될 때만 가지는 것이 아닐 텐데.
욕망을 추구했으면 끝까지 추구해야지."

『오버 더 호라이즌』 수록작 「샹파이의 광부들」 중

35

Date   /   /

36

"작가에게 '이 글이 무슨 뜻이냐, 뭐 하러 썼느냐' 하고 물어보는 건 당신 참 글 못 써서 도저히 못 알아먹겠다고 대놓고 말하는 거나 마찬가지잖아."

브릿G X 황금가지 특별 소설집 『도서관에서 생긴 일』 수록작
「에피소드 ― 스페란 도서전에서」 중

Date   /   /

"그때 시간이 없는 작가에게 자주 일어나는 일이 일어난 거요. 당시의 경보다 시간이 부족한 작가도 상상하기 어려우니 당연하다면 당연한 일이지."

"시간이 없는 작가에게 자주 일어나는 일이요?"

더스번 경은 미약하게 남아있는 위엄을 일소하는 어조로 말했다.

"장편은 단편을 쓸 시간이 없는 작가가 쓰는 거잖소."

『어스탐 경의 임사전언』 중

39

40

"때론 실제가 허구보다 놀랍긴 합니다만…… 일반적으로 실존 인물은 가상의 인물만큼 흥미롭기가 어렵습니다. 아니, 충성스럽기 어렵다고 바꿔 말하겠습니다. 실존 인물이 충성하는 건 자기 자신이지 어떤 작품이 아니죠."

『어스탐 경의 임사전언』 중

Date   /   /

42

"허구를 비평하면서 등장인물의 동기가 약하다느니 동기가 모호하다느니 하는 소릴 하는 평자들이 있지. 그게 잘못되었다는 말은 아니오. 허구는 허구이고 현실은 현실이니까. 기준이 다르지. 바꿔 말하면 현실에서 동기는 약할 수도, 모호할 수도, 이해할 수 없을 수도 있다는 거요. 우리 현실에서 공작 부인을 죽인 범인은 꽃향기가 나는 어린 처녀에게 홀딱 빠져 새장가를 꿈꾸게 된 공작도, 공작 부인이 자기 친모를 독살하고 그 자리를 훔쳤다는 걸 알게 된 의붓딸 공녀도 아니라 마님이 죽으면 마님의 관에 사산한 아기 시체를 몰래 집어넣어 도둑 장례를 치러줄 수 있다고 생각한 정신이 온전치 못한 시녀일 수 있지."

『어스탐 경의 임사전언』 중

Date   /   /

44

"저건 글쓰기가 아닙니다. 창작이 아닙니다!
당사자의 모든 것을 불살라 만들었다 해도
화장터의 연기는 고인의 예술적 표현이 아닌 것처럼!"

『어스탐 경의 임사전언』 중

45

Date   /   /

46

"형은 선점자라죠. 자리, 부모의 애정, 자원이나 그 입수 수단…… 옷 한 벌도 원래 형의 것이었고 동생은 그걸 물려받는 입장이죠. 형은 선점자이고, '네 동생은 어리니까' 같은 소리를 들으며 분배자의 지위에까지 등극하죠. 그가 선점하고 있던 것을 동생에게 나눠주도록 부모가 분배의 거부권을 주는 척하는 겁니다. 반면 동생은 뭔가를 얻으려면 그건 대개 형이 선점하고 있는 것들이죠. 운명이 결정한 적수인 겁니다. 그런데 이 적수는 대개 힘이 더 좋고 수완도 낫죠. 부모도 확실한 아군으로 볼 순 없고. 저쪽과 보낸 시간이 더 기니까. 이것이 주목해야 할 점이라고 하더군요. 보통 부모가 세상에서 가장 강력한 아군이라 생각하지만 세상의 동생들에겐 그렇지 않다는 거죠. 아니, 동생들에게도 부모가 세상에서 제일 강력한 아군인 건 똑같지만 동생의 경우 그들의 부모에겐 더 전통적인 동맹이 있다는 거죠. 그래서 온 세상의 형제들은 핏줄이 같다 해도 다를 수밖에 없다더군요. 입장이 다르기 때문에. 그리고 이건 시간이 역전되지 않는 한 영원하죠."

『어스탐 경의 임사전언』 중

Date   /   /

48

"산 자가 쓰지 않으면 글이 아니다?
여기 있는 책의 저자 중 대부분은 죽었습니다.
내가 글을 읽을 땐 되살아난단 말입니다.
어차피 내가 글을 읽을 땐 수십, 수백 년의 시간을
뛰어넘어 되살아나 내게 말을 거는데
쓸 당시의 상태가 무엇이 중요합니까?"

『어스탐 경의 임사전언』 중

Date   /   /

50

"제가 어젯밤 내내 무슨 생각 했는지 아세요? 이 글 끝까지 읽어도 끝이 안 날 테고 어차피 완결이 쓰일 때까지 기다려야 하니까 그만 덮고 자자고 몇 번이나 생각했어요. 그리고 저 지금 이 상태죠."
"그럼 누가 범인인지 알려주는 비정한 짓은 하면 안 되겠네."
"막말이 여기까지 올라왔어요!"

『어스탐 경의 임사전언』 중

Date   /   /

52

"그라이만에선 사형을 잘 언도하지 않아서 결투를 장려하고
있다는 거죠. 그러니까 사형에 소극적인 정부에 대한 기대를
버리고 자기 손으로 직접 범죄자를 처단하려고 나서는
피해자나 피해자 가족들을 양산한다는 거죠. 이건 또한
민간에게 정의 구현의 부담을 떠넘기는 정부의 나태를
비난하는 여론을 만들어내고 있기도 해요.
그리고 이런 경우 언제나 그렇듯이 정반대 의견도 있습니다.
내 밑은 내가 닦는 것이 명예로운 일이다.
사람을 죽이는 건 사람과 결혼하는 것만큼 개인적인 일이며,
이걸 정부에 요구하는 건 정부에게 자기 결혼 상대를
찾아달라는 소리만큼 미친 소리다.
정부는 더더욱 물러나야 한다.
혈채를 강탈하고 유족을 절대로 벗어날 수 없는 영구 채무자로
만들어버리는 무도한 사형제는 즉각 폐지하라.
우리는 우리끼리 서로 죽여야 직성이 풀리니."

『어스탐 경의 임사전언』 중

Date   /   /

54

"교육은 국가의 대계라 보통의 도서관들과 정부들은 상호 협조 관계지만 규모가 달라도 너무 다른 저런 도서관들의 경우엔 이야기가 달라지지. 저런 도서관들 상당수는 지식의 보존에 있어 잠재적인 적이라고 생각해서 그러는지 상대에게 검열 능력이 있다고 판단하면 사나워지는 경향이 있어. 공연한 피해 의식이라고 할 수도 없소. 왕들도 자신의 검열권을 반지성주의자의 그릇된 미신으로 치부하는 저 도서관들이 탐탁지 않을 테니까. 도덕적 우위가 어느 쪽에 있는지 나는 말 못 하겠소. 누구의 입도 막아선 안 된다는 말도, 어린애한테 독약병 위치를 알려줘선 안 된다는 말도 다 틀린 말은 아니잖아."

『어스탐 경의 임사전언』 중

Date   /   /

56

"들판으로 걸어올 땐 서로 욕지거리나 하다가 헤어질 거라 확신했지. 그런데 들판에 도착해서 죽 펼쳐 선 다음 비교해 보니 우리 쪽 횡렬이 저쪽 횡렬보다 훨씬 기네? 그러면 갑자기 눈빛이 바뀌지. 자기는 좋은 사람이니까 쉽게 이길 수 있는 상대에겐 관대하게 행동할 거라 막연히 믿어 왔지. 그런데 정말로 상대가 쉽게 이길 수 있을 것처럼 보인다? 많은 경우 '죽여!' 소리 내뱉으며 잔혹해지지."

『어스탐 경의 임사전언』 중

57

Date   /   /

"이 몸은 자격 없는 자들이 그 이름을 거론할 수 없는 도서관에서 사서의 대임을 맡아 그 직무를 다하기 위해 주야로 경주하고 있는 사서 유와르다. 그대들의 건강과 수명은 그대들이 귀의한 신이 결정할 문제이거나 그대들 이외의 그 누구도 결정할 수 없는 문제일 테니 이 몸의 축복은 유보한다. 이곳이 오소리 옷장인가?"

『어스탐 경의 임사전언』 중

60

"이 몸은 그 부재했던 초대가 존재를 획득하는 상황을 가정한다 한들 이 몸을 추동할 권능까지 획득할 수 있을지 의심스럽다. 이 몸이 준수하는 위계에 따르면 유와르 사서가 땅 위를 걷게 하는 것은 자격 없는 자들이 그 이름을 거론할 수 없는 도서관의 관장이 내리는 지시다."

『어스탐 경의 임사전언』 중

Date   /   /

62

"가정하여 말하는 것임을 전제하며 이 몸은 스벤터 날바이 섭정—백작에게 구태여 묻는데 그대는 자살을 지지하는 신의 추종자인가, 미필적 고의에 의한 배교에 거리낌이 없는 것인가? 또한 그대가 신의 인도를 사양한 자일 경우를 가정하여 이 몸은 그대를 이끄는 그대에게 묻는데 그대의 소멸을 슬퍼할 이들을 슬프게 하고 그대의 소멸을 기뻐할 이들을 기쁘게 하는 것이 그대가 완성하길 바라는 도덕인가?"

『어스탐 경의 임사전언』중

Date   /   /

64

"어쩌겠어요. 흡혈귀 물어뜯고 스핑크스한테 수수께끼 내고 드래곤한테 박치기하고 다니느라 상식이 기능부전이라 시체가 글 쓰고 있다고 해도 그러려니 하고 넘어가 버리는 본인이 문제지. 실례되는 말씀 드리자면 제가 여기서 뵌 분들도 비슷한 것 같던데요. 뭐랄까, 이런 일을 오래 겪으시다 보니 이해심이 다들 커지신 것 같아요."

『어스탐 경의 임사전언』 중

Date   /   /

66

"사막은 세상에 대한 신뢰가 나날이 두터워지는 곳은 아니니,
사막의 시인 레조우 슈라가인은 자신의 과거를 믿지 않는다.
오늘은 어제까지 결코 있은 적 없던 불운이 찾아오는 날이다.
사막의 전사 레조우 슈라가인은 자신의 칼을 믿지 않는다.
그것은 가장 절실한 순간에 부러져 그를 배신할 쇠붙이이다.
사막의 무법자 레조우 슈라가인은 자신의 주먹을 믿지 않는다.
그렇기에 쳐야 할 땐 죽을힘을 다해서 친다."

『어스탐 경의 임사전언』 중

Date   /   /

"부엌칼은 매일 수없이 쓰이죠. 그러니 안 좋은 부엌칼은 예전에 부러져서, 혹은 못 써먹겠다는 이유로 버려지고요. 지금 부엌에 있는 부엌칼이라면 좋은 칼이라고 생각해도 되는 거죠. 그런데 어쩌다가 한 번 쓰는 그런 칼은, 흠, 예. 그런 걸 만드는 사람은 대체로 양심적이죠. 상대하는 고객이 그런 게 필요한 사람이니까. 괜찮다고 봅니다. 그래도 그런 물건은 만든 사람을 제가 잘 알거나 제 손으로 써보기 전까지는 확신하기 어렵군요."

『어스탐 경의 임사전언』 중

Date   /   /

70

"내가 어릴 적 들었던 이야기가 생각나는구나. 장식을 너무 많이 달고 그게 모두 출렁거리도록 허리를 접으며 웃는 규수들은, 재미있어하는 규수가 아니라 조바심 내고 안달하는 규수로 보인다지."

『어스탐 경의 임사전언』 중

Date   /   /

72

"설명 안 해도 칼 맡아주는 호수로 아는 건지 아무 말 없이 첨벙 던지고 갔죠. 더스번 칼파랑 늪에 넘길게요."

"난 왜 늪이야?"

"더 찾기 힘들다는 뜻이니까 칭찬이에요."

"당신은 바닥이 훤히 보이는 맑은 호수이고?"

『어스탐 경의 임사전언』 중

Date   /   /

74

"감동의 정당화, 감동의 집단화, 감동의 세력화 정도는
되겠군요. 왜 그렇게 자기에게 자신이 없는 건지.
나를 넓힐 생각을 못 하고 내 편을 넓힐 생각만 하고.
그렇게 해서 자기를 더 큰 우리의 일부로 만든 다음 더
행복해하면서 더 사나워지고. 그러면서 사실은 더 불행해지고
더 나약해지고. 보기 좋진 않습니다."

『어스탐 경의 임사전언』 중

75

Date   /   /

"흠. 아네지 세도웬. 해로운 것들이 정말 큰 해악을 끼치는 건 대개 적당한 수준으로 오랫동안 반복되는 경우입니다. 공포뿐만 아니라 고통, 슬픔, 외로움 다 마찬가지죠. 예를 들어 독방 수감은 언제 어디서든 무서운 벌입니다. 사람은 오랫동안 혼자 있으면 고독에 더 잘 적응하는 것이 아니거든요? 반대입니다. 고독을 견디는 힘이 점점 약해지죠. 그래서 독방의 죄수는 벽의 얼룩을 이용해서 상상의 친구를 만들어내고, 밖에서라면 신경도 쓰지 않고 밟아버릴 벌레한테 말을 걸게 됩니다."

『어스탐 경의 임사전언』 중

Date   /   /

"당신이 누군지 알 것 같군요." 네롤은 가슴에 얹은 손의 손가락을 의미심장하게 까딱거려 상대방의 눈썹을 치솟게 만들었다. "재미있는 목걸이를 걸고 있을 것 같은데."
"야, 야? 너 입조심해라? 엉?"
"어, 이년이? 너울 걷는 거 너무 급진적이다?"
"허? 인피에 마름질하는 잡년이 지금 어디다 대고?"
"왜? 책 되고 싶어? 개가죽은 써본 적 없는데 벼룩은 어떻게 처리하지?"

『어스탐 경의 임사전언』 중

Date   /   /

"자기 안위라는 말을 이해할 수 있는 지능을 보유했음을 입증하고 싶다면 세티카 로우는 이 사실을 기억하고 결코 망각하지 말아야 할 것이다. 세상에서 가장 강력한 독들 대부분은 밀물과 썰물로 호흡하는 잔혹한 어머니의 수중에 있다는 사실을. 이 몸은 인간의 가죽을 다루는 것에는 견문이나 조예가 없으며 그것을 취미나 장기로 삼을 계획도 현재로선 보유하고 있지 않다. 그러나 이 몸은 세티카 로우가 스스로 자기 가죽을 다루게 할 수 있다. 발광할 것 같은 고통에 목 쉰 비명을 지르며 제 손톱으로 흐물거리는 제 살갗을 뜯어내게 할 수 있다는 말이며, 이는 적절한 독을 사용할 경우 언제든 수월하게 성취될 수 있는 결과이다. 그러니 그대 세티카 로우는 자신의 견해를 현실에서 실천하기 전에 이 사실을 상기하길 바란다. 그리고 앞으로 이 몸이나 다른 도서관원의 면전에서 지적 존재의 정신 노동이 빚어낸 결과물을 불태운다는 모진 언사를 입에 담을 일이 또 생기거든 그 입을 열기 전에 세 번 생각할 것을 제안한다."

『어스탐 경의 임사전언』 중

Date   /   /

82

"이 몸이 알기로 알고자 하지 않는 자는 자신이 모른다는 것을 모르는 자다."

"이 몸이 알기로 모든 자를 도울 수 없다고 말하는 자는 많은 경우 자신을 돕길 주저하는 자다."

『어스탐 경의 임사전언』 중

Date   /   /

"이…… 쌍! 이 세상의 모든 후미진 곳을 하나도 빼놓지 말고 샅샅이 뒤져봐! 알아서 일하는 정의가 있는지! 스스로 이루어지는 정의가 있는지! 어디에서도 찾아낼 수 없을걸? 정의가 얼마나 게을러터진 놈인데. 내버려두면 절대 아무것도 안 해. 절대로! 사람들이 바로 옆에서 울고 화내고 비명을 질러도! 그 인정머리 없는 녀석은 걷어차고 채찍질을 해서라도 억지로 일을 시켜야 하는 근성 나쁜 노예라고!
그런 주제에 성질은 얼마나 야비하고 간사한지. 걸핏하면 사람 위에 군림하는 폭군 노릇을 하려고 하지! 사람들이 서로의 목에 정의의 노예 목줄을 채우게끔 하고 잘나고 똑똑해서 눈꼴신 놈이 보이면 그걸 확 잡아당겨 보라고 유혹하지. 켁켁 소릴 내면서 허리를 확 구부리는 꼴을 보면 진짜 재미있고 우쭐해지니까 그러라고 하지! 나는 그런 것의 종이 아니야. 내가 정의를 부린다. 정의가 나를 부리진 않아! 나는 정의의 주인이야!"

『어스탐 경의 임사전언』 중

Date   /   /

"인생과 같은 것 같아요. 백작님. 유년기엔 무한히 많은 가능성을 가지고 있지만 중년이 되면 지금 가는 길을 따라가는 것만으로도 전력이 요구되고 곁눈질은 호사가 되죠."

『어스탐 경의 임사전언』 중

Date   /   /

88

"비운은 서운한 행운이기에 천운이어도 소명은 수명이 서명한 사명이 아니니까."

『어스탐 경의 임사전언』 중

Date   /   /

90

"한 명부터 이미 많습니다. 죽은 자를 위해 죽는 건 한 사람도 이미 너무 많은 거라고 생각합니다!"

『어스탐 경의 임사전언』 중

Date   /   /

"매일 벽돌 나르듯 그걸 나르고 쌓고 꽂고 하다 보니 무감각해져서 책이 그냥 나온다고 생각한다? 그럴 수도 있겠지. 이해는 해. 하지만 책 이전에 글이야. 한 자 한 자 쓰는 기분이 어떨 거 같아? 책 한 권 만들려면 팔이 얼마나 움직여야 한다고 생각해?"

『어스탐 경의 임사전언』 중

Date   /   /

"추신이라니. 또 추신이라니! 하여튼 추신 쓰는 것들 진짜! 그거 본문에 글 다 못 썼다는 뜻이라는 건 알아? 자기 머리는 한 번에 모든 걸 못 떠올린다는 고백이라고! 무슨 놈의 추신!"

『어스탐 경의 임사전언』 중

Date   /   /

"살인 사건의 수사관이 들어야 할 건 욕뿐입니다."
"예? 욕이요?"
"생사람 잡는다는 욕설이 수사관에겐 피살자를 위해
일 잘하고 있다는 칭찬입니다. 죽여버린다는 범인의 욕설은
일 잘했다는 증거이고. 유족한테 감사받을 일도 없습니다.
그 사람들은 정의가 바로 선 거라고 생각하면 되는 거지
수사관이 똑똑했다고 생각하면 안 됩니다.
정의는 반드시 이루어진다. 예. 그런 믿음이 수사관에게
최고의 우군입니다. 그런 믿음은 나 같은 사람에게 있지도
않은 대단한 관찰력과 통찰력과 분석력 같은 것이 있는 것처럼
보이게 해주지요."

『어스탐 경의 임사전언』 중

"도서관이, 당신들의 서가가, 당신들의 수장고가 작가의 최종 목적지인 양 오해할 수 있죠. 당신들 대단한 도서관들은 특히 그럴 소지가 많다는 거 이해는 해요. 무서운 자들로부터 책을 지켜야 하니까. 자기들이 작가가 도달해야 하는 최후의 성채 같은 거라고 생각할 수 있겠죠. 하지만, 그렇지 않아요. 당신들도 저나 저기 서 계신 분들과 똑같이 두 사람의 사용인이에요."

"두 사람의 사용인?"

"작가와 독자."

네롤은 아랫입술을 깨물었다. 유레솔의 말이 이어졌다.

"도서관은 천년만년 이어질 작가 최후의 목적지가 아니라 미래의 독자와 작가가 함께 이용하는 심부름꾼일 뿐이에요. 작가의 최종 목적지는 언제나 독자니까."

『어스탐 경의 임사전언』 중

Date   /   /

100

"언젠가 경은 부인과 함께 아베란 경을 만나게 될 겁니다. 만나면 내 아내는 당신 아내라고 말하세요. 못 알아들은 척하지 말고! 내 아내는 당신 아내. 알아들었죠? 자식아! 사람 말하고 있다! 아베란 경은 어릴 때 히어퓨릿데가 소장한 이상한 소설 읽고서 그 말이 전사가 전사에게 바칠 수 있는 최고의 경의라고 믿게 되었거든?"

『어스탐 경의 임사전언』 중

Date   /   /

"누군가가 어떤 작가를 옹호한다고 말할 때 그자는 십중팔구 어떤 글을 옹호하는 겁니다. 작가의 방을 나와 세상을 누비며 자기 편을 만들거나 자기 적을 만들어내는 건 글입니다. 작가는 방에 남겠다고, 고독하겠다고 결정한 사람입니다. 어스탐 로우가 그걸 몰랐거나 모르겠다고 결정했다 하더라도 그건 어찌할 수 없는 사실입니다. 누군가가…… 고맙게도 저 같은 이를 작가와 독자의 사용인이라고 말해줬지요. 그게 틀린 말은 아니지만, 사실 저는 각하께서 방금 지적하셨듯 독자의 사용인에 한없이 가까울 겁니다. 저는 방 안에서 글을 쓰는 고독한 작가에게 아무것도 해줄 수 없습니다. 그럴 수 있는 사람은 아무도 없죠."

『어스탐 경의 임사전언』 중

Date   /   /

"사서에게 문의하니 얼른 대답해주세요. 호반 도서관에서 제일 딱딱한 책이 뭡니까?"

네롤은 얼굴을 찡그렸다.

"책을 솥받침이나 발받침 같은 걸로 취급하는 무식한 자는 절대로—"

"아니요! 사서의 머리를 깰 때 쓰려고요. 업무 중 순직으로 확실히 처리되겠죠?"

『어스탐 경의 임사전언』 중

Date   /   /

"경멸은 살인의 이유가 안 돼. 경멸하는 대상은 나의 근거니까. 간혹 나타나는, 자기랑 아무 관계도 없는 유명 인물을 경멸스럽다고 비난하고 심지어 공격하는 자들? 그자들은 자기 감정을 경멸이라고 말하지만 그건 사실 영웅심이야. 역시 자기 보호지. 다시 말하지만 경멸은 살인의 이유가 아니고 넌 네가 경멸하고 혐오하고 얕잡아볼 이 내가 절실하게 필요해."

『어스탐 경의 임사전언』 중

Date   /   /

108

"……인간이 미안합니다. 그건 흔하지 않은 일인 건 맞고, 바람직하냐 아니냐는 개인 의견일 것 같군요. 그리고 인간이 군집 생물이라서 다른 개체를 쉽게 이해하고 그 유지를 쉽게 이을 수 있는 그런 엄청난 초능력을 가지고 있을 거라고 혼자서 종인 생물로서 추측한 거라면, 그건 절대 아닙니다. 우리가 서로를 그렇게 쉽게 이해하고 이을 수 있다면 자기 마음 좀 알아달라고, 기억해달라고 외치는 책들이 왜 그렇게 많이 쓰여지겠습니까.″

『어스탐 경의 임사전언』 중

Date   /   /

"나는 글을 세상에서 말살할 수 있다. 글쓴이는 그걸 태울 수 있다. 작가가 글의 주인이다. 아니요. 작가는 글의 주인이 아니에요. 외로운 것이 싫었으면 다른 방식을 찾아야 했죠. 힘들어도 사람 마음을 알아보려고 노력하고 짐작해보고 여러 가지를 시도해보고 된통 실패해보고 그랬어야죠. 다른 사람들이 다 그러는 것처럼. 그게 싫다고 해서 방 안에 혼자 앉아 글을 쓰지 말고. 재주가 있다고 해서 그러지 말고. 그렇게 성공하지도 말고."

『어스탐 경의 임사전언』 중

Date   /   /

티르 스트라이크 연작

오버 더 호라이즌

오버 더 네뷸러

오버 더 미스트

오버 더 초이스

편집자 노트

조용한 시골 도시의 보안관보 티르 스트라이크를 주인공으로 한 연작 중편소설 「오버 더 호라이즌」, 「오버 더 네뷸러」는 2001년 『이영도 판타지 단편집』에 수록되며 출간하였다. 이후, 「환상문학전집」에 「오버 더 미스트」가 추가로 수록된 단편집 『오버 더 호라이즌』이 출간되었다가, 2018년에 「환상문학전집」에서 빠진 독립작품으로 이영도 작가의 판타지 중단편을 모은 양장본 『오버 더 호라이즌』 판본에 재수록되었다. 세 작품 모두 별도로 연재하거나 투고되지 않은 오리지널 출판 발표작이다. 티르 스트라이크와 이파리 하드투스 보안관이라는 매력적인 캐릭터와 기상천외한 발상, 유머러스한 전개 덕분에 후속작에 대한 독자 요구가 꾸준한 시리즈였다. 『그림자 자국』 이후로 10년 동안 신작 장편소설이 발표되지 않은 시점에서, 티르 스트라이크 연작에 대한 편집부의 제안에 저자가 화답하듯 완성한 원고였다. 약 3개월여의 집필 기간을 거쳐 2017년 12월에 장편소설 『오버 더 초이스』란 제목으로 완성되었다. 완성된 원고는 온라인 소설 플랫폼 브릿G에 선행 분할 연재되었고, 연재가 완결이 될 시점인 2018년 6월에

서울 국제 도서전의 '여름 첫 책'으로 선정되면서 정식 출간되었다. 출간 전부터 화제가 된 작품이었기에 오디오북 투자 지원까지 받을 수 있었다. 당시로서는 처음 시도하는 완독형 드라마 오디오북을 야심차게 준비하였는데, 장민혁, 시영준, 남도형 등 인기 성우가 여럿 참여하며 화제를 모았다. 『오버 더 초이스』 오디오북은 발매 직후 반년도 되지 않아 제작비를 넘어서는 판매고를 보였고, 이 성공은 『눈물을 마시는 새』를 비롯한 이영도 작가의 주요 장편소설의 오디오북 제작까지 이어질 수 있는 발판이 되었다.

이로써 내가 생각해 낼 수 있는 것은 모두 다른 사람들이
생각해 낼 수 있는 수준의 것뿐이라는 사실이 증명되었다.
물론 나는 내가 다른 사람들보다 우월하지 못하다는 사실에
슬퍼하기보다는 다른 사람들보다 더 멍청하지 않다는 사실에
안도했다.

『오버 더 호라이즌』 수록작 「오버 더 호라이즌」 중

Date   /   /

바람은 자신에게 자해를 가하며 해괴망측한 신음을 흘리고
있었고 그 속에서 나무들은 미친 듯이 웃고 있었다. 내가
보건대 저 측백나무들은 우주의 비밀을 깨달아버린 듯했다.
그게 아니고선 저런 미친 웃음소리를 설명할 수 없다.

『오버 더 호라이즌』 수록작 「오버 더 호라이즌」 중

그믐달은 어두운 밤하늘에 매달린 고드름이 되어 있었고
그 미약한 빛 말고는 별빛조차 찾기 어려웠다. 하지만 산과
들판과 경작지와 집들과 묘지를 뒤덮은 눈은 은은한 빛을
뿜어내어 대지를 어둠 위로 떠오르게 했다. 저기 어디쯤
얼어붙은 네펜지스 강이 있겠지만 눈 때문에 잘 보이지 않았다.
너무도 고요하고 차가운 공기 속에 나는 시내의 잠 못 이루는
누군가가 침대에서 뒤척거리는 소리까지 들을 수 있을 듯한
기분을 느꼈다. 혹은 은퇴한 음악 교수의 맥박 소리까지도.
하지만 그런 것은 들려오지 않았다.

『오버 더 호라이즌』 수록작 「오버 더 호라이즌」 중

Date   /   /

젊은이는 과거가 없기에 신념에 기대고
늙은이는 미래가 없기에 경험에 기댄다.

『오버 더 호라이즌』 수록작 「오버 더 호라이즌」 중

Date   /   /

"잘난 사람들이 너무 많이 모이면 꼭 불화가 생기는 법이야. 어떤 사람들은 모욕을 민감하게 느낌으로써 자기가 명예를 가졌다는 걸 증명하려 들기도 하지."

『오버 더 호라이즌』 수록작 「오버 더 호라이즌」 중

125

Date   /   /

우리들에게 겨울이란 고요함이 스스로의 고요함에 질려 자폐증을 일으키는 계절이었다.

『오버 더 호라이즌』 수록작 「오버 더 호라이즌」 중

Date   /   /

"불꽃이 아름다운 건 타 죽는 나방이 있기 때문이고 사이렌의 노랫소리가 기막힌 것은 빠져 죽는 뱃사람들이 있기 때문입니다."

『오버 더 호라이즌』 수록작 「오버 더 호라이즌」 중

"지평선은 넘을 수 없어. 보이긴 해도 닿을 순 없는 거라고.
그게 보인다는 이유로 정말 넘을 수 있다고 생각했단 말인가?"

『오버 더 호라이즌』 수록작 「오버 더 호라이즌」 중

Date   /   /

사람은 자기가 추구할 수 없는 것을 추구하는 사람을 보면 자기가 추구할 수 없다는 이유만으로 그 목표를 비웃고 무시하고 평가 절하하는 법이다. 무의식중에라도.

『오버 더 호라이즌』 수록작 「오버 더 호라이즌」 중

Date   /   /

"인생은 그렇게 복잡한 게 아냐. 먹고 자는 일 이외엔,
사실 인생에서 제거했다간 큰일 나는 것은 별로 없어.
삶은 썼다 지웠다 할 수 있는 점토판 같은 것이지,
어딘가가 부러지면 못 쓰게 되는 조각 같은 것이 아냐."

『오버 더 호라이즌』 수록작 「오버 더 네뷸러」 중

135

Date   /   /

'세상에 필요없는 건 영웅, 현자, 성자.
세상을 굴러가게 하는 건 멍청이, 얼간이, 바보.'

『오버 더 호라이즌』 수록작 「오버 더 네뷸러」 중

Date   /   /

멍청해 보이고 쓸데없어 보이는 그런 사소한 일들이 사실은 사람살이를 가능하게 만드는 주요 요소라는 뜻이다.

『오버 더 호라이즌』 수록작 「오버 더 네뷸러」 중

Date   /   /

"그게 어쨌다는 거냐! 동정받길 원하는 거야? 그걸 원해? 세상을 몰인정한 괴물로 만들어놓고 그 앞에 고꾸라져 벌벌 떠는 건 누구나 할 수 있어! 퀭해 빠진 눈과 텅 빈 머리만 있으면 되니까! 하지만 핏줄 속에 빨간 피가 흐른다면 주먹을 쥐고 두 다리로 일어설 줄도 알아야 해!"

『오버 더 호라이즌』 수록작 「오버 더 네뷸러」 중

Date   /   /

"수천수만 명의 사람들이 애정을 보내는 국가조차도 그렇게 오랫동안 존속할 수는 없어. 하지만 겨우 열네 명이 이룩해 낸 일을 봐, 티르. 내게 걸려 있는 이 마법을 보라고. 그들은 공간의 비밀을 파헤치고 그것을 지배하는 경지까지 왔어. 아무도 돕지 않는 가운데, 그들 외로운 열네 명이 자신들의 평생을 바쳐 사람들의 지혜를 여기까지 이끌어왔단 말이야. 그들이 어디까지 갈 수 있겠나? 그들은 벌써 내 주위의 작은 공간이나마 공간을 일그러뜨리게 되었어. 언젠가는 수천수만 킬로미터를 일그러뜨려 단숨에 이동하고 하늘을 날아 달과 별을 만질 수 있게 될지도 몰라. 저 찬란한 성운 너머, 눈에 보이지도 않는 곳까지 사람들을 데려가 줄 수 있을지도 모른단 말이야. 이건 몽상가의 백일몽이 아냐. 그들은 할 수 있어!"

『오버 더 호라이즌』 수록작 「오버 더 네뷸러」 중

Date   /   /

행동하는 영웅에 대한 갈망은 거꾸로 보면 자신은 행동하지 않겠다는 뜻이다.

앞장서서 어린애의 이를 뽑아주는 사람부터 새로운 지평을 여는 선구자는 모두 행동하지 않는 자의 노예일지도 모르겠다. 마하단에 비하면 난쟁이인 우리들이지만, 현실적으로 모두가 거인일 수 없다면, 우리는 난쟁이의 보폭에 맞춰 10만 년의 걸음을 걸어야 되지 않을까.

저 찬란한 성운이 암흑을 불사르는 그곳으로 갈 때도 모두 함께 걸어가야 하지 않을까.

"팔다리가 다 잘려도."

『오버 더 호라이즌』 수록작 「오버 더 네뷸러」 중

145

Date   /   /

법의 위대함은 사람의 위대함과 마찬가지다. 분명히 법은 존중받아야 하는 것이지만, 개개의 사람들처럼 법도 황당하거나 부조리한 부분들을 가지고 있다.

『오버 더 호라이즌』 수록작 「오버 더 미스트」 중

Date   /   /

고맙다고 해야 할지 슬프다고 해야 할지 알 수 없었지만,
우리 도시의 선량한 시민들은 저승사자에게 농락당한 이파리
보안관과 나를 바보 취급하지 않았다. 정의와 상식과 윤리의
옹호자인 우리 두 사람의 무능함을 인정하는 것은 그들에게
크나큰 거부감을 자아내는 일이었다. 그래서 시민들은
저승사자를 경외하는 쪽을 선택했다. 저승사자의 찬란한
전설들이 재조명되었고 더 많은 전설들이 창조되었다.
저승사자가 못을 씹어 먹고 불타는 오줌을 싼다는 이야기를
들으며 이상하다는 생각을 전혀 하지 못하는 나 자신을 보고
있노라니 미쳐가는 기분이 이런 걸까 하는 생각이 들었다.

『오버 더 호라이즌』 수록작 「오버 더 미스트」 중

Date   /   /

몰라도 되는 일 같은 것은 없다. 그걸 알기 전까지는 그것이 몰라도 되는 일인지 알 수 없기 때문이다!
지워지려면 먼저 쓰여야 한다. 쓰여지기 전에는 지울 수가 없는 것이다.

『오버 더 호라이즌』 수록작 「오버 더 미스트」 중

모든 곳에 가을이 있었다.
가을은 자신의 붓끝으로 여름이 남겨둔 것들을 세심하게 물들이고 있었다.
실로 가을은 전체를 한꺼번에 보는 능력이 있는 채식가(彩飾家)이며 지워진 것이 사라진 것은 아님을 아는 문장가다.

『오버 더 호라이즌』 수록작 「오버 더 미스트」 중

Date   /   /

가을은 여름을 구축하지 않는다.

다만 여름이 구축한 것을 조심스럽게 무너뜨릴 뿐이다.

가을이 아름답다면 그것은 그 느리고 세심한 파괴 때문이다.

『오버 더 호라이즌』 수록작 「오버 더 미스트」 중

나는 티르 스트라이크다. 삼십여 년 전부터 티르 스트라이크 하고 있다.

당신들은 티르 스트라이크 해본 적이 없을 테니 알려주는데 요즘은 티르 스트라이크 하기 좋은 시절은 아니다.

오랫동안 해온 덕분에 몇 가지 요령이 있어서 그럭저럭 해나가지만 좀 더 티르 스트라이크 하기 좋은 시절이 왔으면 좋겠다는 생각을 가끔 한다.

『오버 더 초이스』 중

Date   /   /

우리가 집을 만드는 건 온 세상을 가둬두기 위해서다. 어디에? 집 바깥에.

『오버 더 초이스』중

"티르. 그건 내 엉덩이다. 긁지 마라."

"어쩐지 통 시원하지 않더라니. 제 엉덩이는 어디다 숨겼죠?"

『오버 더 초이스』 중

"목동이나 양치기, 마구간지기는 자기들이 소와 양과 말들을 사랑한다고들 하지요. 사실 자유를 빼앗고 뭔지 이해도 못할 노동을 시키고 필요하면 언제든 죽이면서 하는 말이지만, 그래도 우리는 그게 어처구니없는 헛소리라는 식으로 반응하진 않습니다. 어쨌든 때 되면 먹이고 물 길어다 마시게 해주고 추울까, 더울까 신경 쓰고 맹수로부터 지키려 애쓰니까요. 그런데 말입니다. 그건 죽으면 되살릴 수 없기 때문에 그러는 겁니다. 뻔한 이야기라서 떠올리기 어렵지만, 진짜 이유는 바로 그겁니다. 죽으면 되살릴 수 없기 때문에. 그런데 그렇지 않다면? 그러면 그런 이기적인 사랑마저도 없어지겠지요. 왜 힘들게 보살핍니까? 아무렇게나 대해도 됩니다. 내팽개쳐둬도 되고, 귀찮고 거치적거린다는 이유로 다 죽여도 됩니다. 그리고 아쉬워지면 되살려내면 되고요. 소와 양과 말은 그런 상황을 어떻게 이해해야 할지 모를 수도 있겠군요. 되어본 적이 없어서 모르겠습니다. 하지만 그게 우리라면 어떨지 짐작할 수 있을 것 같습니다. 그런 힘을 가진 자를, 우리는 어떻게 대해야 할까요?"

『오버 더 초이스』 중

Date   /   /

무장하고 있는 자와 비무장인 자 중 상대의 공격에 더 취약한
것은 누구일까? 무장한 자는 분명 상대로 하여금 공격을
재고하게 하는 예방의 효과를 누릴 수 있다. 하지만 예방이
무의미해지는 순간, 즉 상대가 반드시 공격하겠다고 결심하고
그걸 행동으로 옮긴 순간엔 적극적 대응만이 중요해진다.
그런데 무엇이 적극적 대응일까? 칼밥을 남부럽지 않게 먹은
칼잡이는 상대의 공격을 인지하면 먼저 자기 무장부터 챙긴다.
당연한 대처이지만 이것은 관점에 따라 '시간 낭비'로 볼 수
있다. 반면 애초에 꺼내들 무장이고 뭐고가 없는 사람은 그런
시간 낭비 없이 숙련된 칼잡이들은 시도하기 힘든 놀라운
기술을 시도할 수 있다. 놀라운 기술이라고 말했지만 사실
그건 술집이나 노름판, 시장 같은 곳에서 느닷없이 칼부림이
일어났을 때 자주 구경할 수 있는 기술이다. 그리고 엄청난
바보짓처럼 보이지만 의외로 성공률도 높은 편이다.

『오버 더 초이스』 중

Date   /   /

"티르. 네가 세상을 사랑하는 건 잘 알겠는데, 아침부터 그러진 마라. 사랑할 때도 때와 장소라는 것이 있다."
"전 세상을 애무하고 있는 중이 아니라 그냥 땅에 얼굴 박고 있는 건데요."
"아니. 넌 세상에 대한 끓어오르는 사랑을 주체하지 못해서 명백히 실패할 수밖에 없는 포옹을 하려고 애쓰고 있는 중이야. 난 아침부터 땅에 얼굴 박는 조수는 필요 없거든."
"진정한 사나이라면 빈털터리가 된 채 징징 울며 개평 달라고 조르고, 취한 채 옛 애인 창문 밑에서 고함지르고, 아침부터 맨땅에 얼굴을 박을 수 있어야 합니다. 그 당연한 권리를 제한당한다면 전 보안관 조수 그만두겠습니다."
"으음. 사나이의 권리를 내세우다니, 할 수 없군. 그런데 네 후임이 될 가능성이 높은 사람이 누군지는 알지?"
"……일어났습니다."

『오버 더 초이스』중

Date   /   /

많은 경우 잠든 사람은 시체로 취급된다. 물론 당신이 잠든 사람에게 불침을 놓거나 하면 시체 훼손이 아닌 폭행으로 나와 면담 좀 해야겠지만, 잠든 사람 자신은 행위능력이고 의사능력이고 없다. 사법적으로 시신이나 마찬가지인 셈이다.

『오버 더 초이스』 중

169

Date   /   /

절대가 역전되면 모든 것이 바뀐다. 죽음이 절대적인 위상을 잃고 가변적인 것이 될 경우 순박한 시골 아낙네가 흉포한 살인마로 바뀔 수도 있는 것이다. 죽음이 부활의 전단계에 불과하다면 살인은 아무것도 아닌 것이 되기에.

『오버 더 초이스』중

삶은 죽음으로 끝나는 것이 아니라 죽음을 포함하는 것이라고 믿는 것은 어렵다. 우리가 그들을 기억하는 한 그들은 우리 가슴 속에 영원히 살아있는 것이라고 생각하는 것은 힘들다. 이로써 내가 성직자, 철학자, 그리고 아버지가 되지 못한 이유가 분명해졌다. 얼떨결에 얻은 보안관 조수 자리를 그만두지 못하고 있는 미혼 칼잡이는 삶이 바닥을 가늠하기 힘든 잼통이라는 사실에 어떻게 대처해야 하나?

『오버 더 초이스』중

Date   /   /

"이동성을 죽여도 되는 이유가 뭐죠? 원할 땐 언제든 살려낼 수 있기 때문이죠. 아시는지 모르겠습니다만 문이라는 신비로운 발명품이 있습니다. 그게 뭐냐면, 이동성 부활 장치입니다. 보통 닭장엔 닭장 문을 달고 감옥에 감옥 문을 달고 성벽에 성문을 달고 둑에 수문을 달고 벽에는 창문을 달죠. 그리고 이 문들을 열면, 놀랍게도 죽었던 이동성이 되살아납니다. 그러니 문을 가지고 있다면 이동성을 죽여도 되는 겁니다."

『오버 더 초이스』중

Date   /   /

"어떤 금액으로든 삶에 값을 매기면 안 돼. 일단 가격이 책정되면 그다음엔 거래도 가능해지거든."

『오버 더 초이스』 중

Date   /   /

악마는 도대체 자기혐오를 어떻게 견딜까?

악마가 자기혐오에 빠져 있으리라는 것은 자명한 일이다.

자신보다 더 끔찍한 것은 없을 테니까.

『오버 더 초이스』 중

"당신은 진실을 원합니까?"
"언제나 진실이 거짓보다 낫다고 생각해.
 하지만 언제나 고백이 침묵보다 낫다고 생각하지는 않아."

『오버 더 초이스』 중

Date   /   /

182

행동력은 그냥 행동력일 뿐이다. 그게 성취를 담보하는 것처럼 보이는 건 착시다. 좋은 행동력으로 남보다 먼저 파국을 맞이한 자들은 그 사실을 말하지 않거나 말할 수 없게 되니까.

『오버 더 초이스』 중

Date   /   /

"식물에게 우리는 식물 살해에 미친 괴물입니다! 우리는 식물을 먹을 뿐만 아니라 잘라서 다른 것으로 만들고 불을 만들기 위해 태웁니다. 불! 불이 특히 파괴적이지요. 우리와 동물의 차이가 뭐죠? 우리는 식물을 태웁니다. 그게 가장 큰 차이입니다. 식물을 태워 물질의 성질을 바꾸는 열을 만들어내지 못하면 우리 문명이라는 것은 존재할 수도 없습니다. 우리만큼 식물을 소비하는 동물은 없습니다."

『오버 더 초이스』중

Date   /   /

'문명은 안 죽으려고 만든 것이다.' 이 도발적이기까지 한 정의를 벗어나는 문명 분야를 찾기가 예상외로 어려웠다. 아니, 원천적으로 불가능하다. 문명이란 결국 살기 위한 도구니까.

『오버 더 초이스』중

Date   /   /

"인류는 이미 자살하고 있어. 자기 발판을 태워버리고 있지. 그게 다 타버리면 추락할 거야."

『오버 더 초이스』중

Date   /   /

"티르. 정말 사람은 자기를 죽일 수 있는 것만 진심으로 존중할 수 있는 거야?"

"응?"

"인생이 나를 죽일 수 없다면, 그러면 나는 인생을 존중할 수 없는 거야?"

『오버 더 초이스』 중

Date   /   /

―혹시 네가 죽을 건가?―
"아니오!"
―좋다.―
"저, 예전엔 사람을 죽였습니까?"
―안 부르면 될 텐데 꼭 불러놓고는 죽음으로 취소한다고 난리였다.―
"……그랬습니까."
―말리기도 피곤했다.―
"정말 폐가 많았습니다."
―좀 부르지 마라. 한 번도 안 해봐서 잘 될지도 모르겠다. 불안하다.―
"……미력하지만 애써보겠습니다."
―좋다.―

『오버 더 초이스』중

Date   /   /

"미안. 음. 서니. 너는 처음부터 없었던 것이 될 수 없어. 모든 사람은 이전에 없었지. 그리고 태어나. 그러다가 결국 없어지지. 그걸 보면 처음부터 없었던 것과 똑같아 보이긴 해. 하지만 그게 아냐. 우리는 모든 시간을 한꺼번에 살지는 않으니까."

『오버 더 초이스』중

195

Date   /   /

"살아 있어야 잊지."

"아, 그래?"

"잊지 못한 채 죽으면 언제 잊어. 살아 있어야 잊을 기회도 생기지."

『오버 더 초이스』중

Date   /   /

바보 같은 내 청춘에 보내는 건배는 사양한다. 꼭 건배하고 싶다면 내 장수나 빌어주길. 더 많은 바보짓을 할 수 있도록. 아, 물론 나도 당신의 장수를 기원한다.

『오버 더 초이스』중

Date   /   /

이영도 작가의 단편들

카이와판돔의 번역에 관하여

구세주가 된 로봇에 대하여

별뜨기에 관하여

복수의 어머니에 관하여

순간이동의 의미에 관하여

나를 보는 눈

아름다운 전통

전사의 후에

SINBIROUN 이야기

봄이 왔다

시하와 칸타의 장 — 마트 이야기

NFFNSNC

편집자 노트

개별 단편들은 분량상의 이유로 출판이 쉽지 않은지라, 일반적으로 문예지나 웹진을 통해 개별 투고되었다가 단편집에 묶이는 절차를 거친다. 법은하 문화교류촉진위원회를 통해 지구와 지구의 짝지가 된 위탄인의 이야기를 그린 「카이와판돔의 번역에 관하여」와 「별 뜨기에 관하여」, 그리고 「구세주가 된 로봇에 대하여」와 「복수의 어머니에 관하여」는 각기 SF 웹진 《크로스로드》와 웹진 《대산문화재단》에 기고되었던 단편이다. 《판타스틱》에서 발표된 단편소설 「순간이동의 의미에 관하여」는 제목이 소위 위탄인 연작 네 작품과의 유사성으로 인해 독자들의 궁금증이 있었지만, 저자는 집필 방식에 대한 구분을 위해 지었을 뿐, 위탄인 연작과는 다른 세계관이라고 밝혔다. 독립적 판타지 세계관인 「나를 보는 눈」 역시 《판타스틱》을 통해 발표된 단편소설이다. 「SINBIROUN 이야기」는 《빨간펜》에 기고되었다가, 펜북 『SINBIROUN IYAGI』에 몇 차례 재수록되었다. 「아름다운 전통」과 「전사의 후예」는 2001년 『이영도 판타지 단편집』에 수록된 작품이며, 「봄이 왔다」는 웹진 《문장》(구 글틴)에 기고되었던 작품이다. 이상의 작품 모두가 2020년 10월에 『별뜨기에 관하여』라는 SF 단편소설집에 묶여 출간되었다. 중편소설 「시하와 칸타의 장 — 마트 이야기」는 2019년 9월 《현대문학》에 기고되었다가, 개별 단행본으로 출간되었다. 「NFFNSNC」는 2021년 8월에 《현대문학》에 기고된 엽편이다. 두 작품 모두 추후에 다시 황금가지에서 중단편집을 출간하게 될 때 함께 수록될 계획이다.

"미안해, 박 대위. 하지만 나는 자네처럼 생각할 수 없어. 외계의 지성을 제대로 이해하기 위해 지구의 모든 시각을 동원한다? 내 눈엔 반대로 보여. 그런 짓을 하는 것 자체가 내재된 위기의식을 드러내는 것이라고 말이야. 무슨 위기의식이냐고? 그 다양한 시각들이 사라질지도 모른다는 위기의식이지. 다른 말을 쓰는 자들이 현실에 등장했으니까. 지난 세기에 자본이 그랬고, 이제 외계인이 그렇지. 둘 다 인간의 말이 아닌 다른 말을 써. 자본은 경제학의 언어를 썼고 외계인은 자기네 빌어먹을 말을 쓰지. 다른 말을 쓰는 오랑캐가 나타나면 사람은 단결하고 개성을 살해하는 법이야. 이 최후의 저항이 끝나고 나면 지구의 언어는 급속하게 하나로 통일될 거야. 영어일 가능성이 높지."

『별뜨기에 관하여』 수록작 「카이와판돔의 번역에 관하여」 중

205

Date   /   /

206

"소멸이 아니라 포기입니다. 어른은 아이를 포기해야 도달할 수 있는 곳입니다."

『별뜨기에 관하여』 수록작 「카이와판돔의 번역에 관하여」 중

Date   /   /

"당신의 삶이 당신의 우주에 바치는 경의이길.
그 오랜 세월 우주는 당신을 기다려왔으니."

『별뜨기에 관하여』 수록작 「카이와판돔의 번역에 관하여」 중

209

"이건 자연법칙이야. 사라지는 것들이 얼마나 아름다운지, 얼마나 특별한지는 중요치 않아. 오직 세력만이 중요하지."

『별뜨기에 관하여』 수록작 「카이와판돔의 번역에 관하여」 중

211

Date   /   /

"인간은 모두 아담의 후손이기 때문에 아담의 원죄를 이어받습니다. 그래서 인간은 스스로를 구할 수 없습니다. 신의 아들이 필요한 거지요."

"하지만 로봇은 인간처럼 재생산하지 않습니다. 따라서 로봇의 원죄와 구원은 개체 단위의 일일 거라 가정할 수 있습니다. 그렇다면 로봇은 스스로를 구원할 수 있습니다."

『별뜨기에 관하여』 수록작 「구세주가 된 로봇에 대하여」 중

Date   /   /

별 더하기 실뜨기로 별뜨기. 그것이 내가 하는 일이다. 초광속 우주선은 과거의 점성학자들이 상상할 수도 없었던 능동성을 점성학에 부여한다. 결론부터 말한다면 나는 그곳에서 바라보았을 때, 천구에 별들이 가장 적절한 방식으로 배치되어 있는 우주 좌표를 찾아낼 수 있다. 별자리를 만들어내는 것이다.

『별뜨기에 관하여』 수록작 「별뜨기에 관하여」 중

Date   /   /

"시간이 어떤 것인지 깨달았다면 생일 같은 유치한 자기기만은 이제 그만둬도 되는 것 아닐까? 엄밀히 말해 생일이라는 건 365일만큼 죽음에 더 가까워졌다는 의미지. 좋아할 일이 아냐. 하지만 지구인은 그걸 달력과 연관 지음으로써 따분하고 가없은 착각을 만들어내지. 생일 파티는 탄생을 의식적으로 반복함으로써 반복되는 탄생이라는 환상을 만들어내는 의례야. 재생의 꿈. 맞아. 불사."

『별뜨기에 관하여』 수록작 「복수의 어머니에 관하여」 중

Date   /   /

아예 원래 있던 자리로 순간이동 한다고 생각해보자. 제자리로
순간이동 한다면 아무 짓도 하지 않는 것과 무슨 차이가 있냐고
묻고 싶을 것이다. 실제로 눈에 보이는 현상에는 아무 차이가
없다. 하지만 그 둘은 천지차이다. 아무 일도 하지 않았을 경우
당신은 그때까지 당신을 지탱해온 물리 법칙에 의해 존재한다.
하지만 제자리로 순간이동 하는 경우 당신은 당신에 의해
존재하게 된다.

『별뜨기에 관하여』 수록작 「순간이동의 의미에 관하여」 중

219

Date   /   /

순간이동은 우주 어디에든 자신을 실현시킬 수 있다는 의미지요. 자신의 존재를 위해 자신만을 필요로 한다는 말입니다. 영생이지요.

『별뜨기에 관하여』 수록작 「순간이동의 의미에 관하여」 중

Date   /   /

인류는 멸망하고 있다. 왜 그런 길로 접어들었는지는 모른다. 하지만 인류의 길 자체를 비틀면 인류는 기다리는 멸망에 도착할 수 없을 것이다. 엄밀히 말하자면 바뀐 방향에 다른 멸망이 기다릴 가능성도 있다. 하지만 사형을 앞두고 있다면 동전 던지기를 마다할 이유가 없다. 그렇다면 어떻게 멸망으로 걸어가는 인류의 길을 바꿀 것인가.
"인류의 길에 모서리를 만들면 돼. 다른 길을 찾거나 할 필요도 없지. 모서리만 주어지면 그게 곧 다른 방향으로 걷는다는 뜻이니까!"

『별뜨기에 관하여』 수록작 「나를 보는 눈」 중

Date   /   /

참혹하고 소름 끼치는 시대다. 물론 나 역시 이 말이 모든 시기의 모든 사람이 할 수 있는 말이라는 것은 잘 알고 있다. 게다가 말하는 이가 사춘기를 헤쳐나가는 중이라면 이 말은 더할 나위 없는 진심의 토로가 된다. 하지만 그럼에도 오늘날은 참혹하고 소름 끼치는 시대다.

『별뜨기에 관하여』 수록작 「아름다운 전통」 중

Date   /   /

나는 외계인이 지구를 내려다볼 때 설교 시간과 중역 회의 시간, 국회 의원과 프로 레슬러, 그리고 전쟁터와 난동이 일어난 축구장을 구분할 수 있을지 몹시 궁금하다.

『별뜨기에 관하여』 수록작 「전사의 후예」 중

Date   /   /

마법은 별 게 아냐. 모든 사람들이 간절히 그렇게 되기를 바라는, 그렇게 되기를 믿는 마음이 바로 마법의 힘이지.

『별뜨기에 관하여』 수록작 「SINBIROUN 이야기」 중

Date   /   /

자식을 자궁 밖으로 내보낸 후에도, 자식이 학교를 가고 취직을 해도 탯줄이 주렁주렁 이어져 있어. 끊임없이 영양분을 공급해서 자식이 살아있도록 하는 것이 부모의 일이라고 믿지.

『별뜨기에 관하여』 수록작 「봄이 왔다」 중

Date   /   /

"백지상태로 다가올 시간에 무엇을 해야 할지 아는 것도 중요해. 하지만 그 시간을 함께할 사람이 누구인가도 중요해. 그리고 그건 똑같은 말이야."
똑같다고?
"지구 위에 나 혼자하면 내가 무슨 짓을 해도 의미가 없으니까."

『별뜨기에 관하여』 수록작 「봄이 왔다」 중

233

Date   /   /

234

"건강이나 장수, 놀라운 매력 같은 소박한 것엔 관심이 없나 보군, 인간."
"누구 좋으라고."
"응? 무슨 말이야?"
"그건 전부 자식을 위한 거잖아. 매력으로 좋은 짝을 찾고 건강으로 안전하게 자식을 낳고 장수로 오랫동안 양육한다."

『시하와 칸타의 장 — 마트 이야기』 중

235

Date   /   /

"난 너를 사랑하는 나를 사랑해."

『시하와 칸타의 장 — 마트 이야기』 중

237

Date   /   /

"그 미친놈들은 인류를 부흥시키려고 하잖아."

"……멸망해가는 종족이 저지를 수 있는 최악의 죄이긴 하군."

『시하와 칸타의 장 — 마트 이야기』 중

"무슨 소리…… 그런 걸 써봐야 누가 읽어. 말 그대로 인류의 유언장인데."
"모르는 일이잖아? 어머니 가이아가 두 번째 지성을 낳아보려고 결심할 수도 있고 어쩌면 보이저호 주운 외계인이 찾아와서 볼 수도 있지. 어쨌든 인류라면 자기 유언장 정도는 남길 만하지. 안녕하세요. 직접 인사드릴 수 없는 점 유감으로 생각합니다. 저는 인류라고 합니다. 대충 20만년 전 아프리카에서 태어나 엄격하지만 자상하신 고생인류 부모님의 가르침 아래에, 운운. 대충 이런 식이면 될까. 아무래도 이건 아니지. 네가 더 잘할 수 있을 거야. 부탁이니까 써줘."

《현대문학》 2021년 8월호 수록작 「NFFNSNC」 중

241

Date   /   /

폴라리스 랩소디

편집자 노트

『폴라리스 랩소디』는 《스포츠조선》의 제안으로, 신문지면을 통해 연재로 첫선을 보인 작품이다. 그러나 당시 공급처와 배급처 각자의 이유로 인해 신문 연재를 중단하게 되었다. 대신 이영도 작가는 PC 통신 하이텔에서 2000년 중하순까지 연재를 이어나갔다. 완성된 소설을 단행본으로 출간하기 전에, 편집부에서 한 가지 새로운 도전을 시도했는데, 바로 가죽 장정으로 된 한정 양장본 기획이다. 당시는 도서 대여점 문화가 깊게 자리했고, 그곳에서 판타지 등 특정 장르가 주로 소비되던 시절이었다. 때문에 판타지 소설은 대여점용 도서라는 편견이 있었다. 이러한 인식을 타파하고 작품의 가치에 부합하는 장정을 선보이기 위해, 전체 분량을 1500여 페이지 한 권으로 묶고 가죽 양장으로 고급 한정판을 만드는 기획을 준비했다. 일반판본과 동시에 한정판을 출간하는 기획은, 지금이야 쉽게 찾아볼 수 있는 기획이지만, 당시에는 도서를 대상으로 한정판을 만든다는 건 상상하기 어려웠고, 더군다나 가죽 양장을 제작할 수 있는 여건도 갖춰져 있지 않았다. 그 때문에 제작 현장을 일일이 찾아다니며 바닥에서부터 하나 하나 해결해야 했다. 큰 비용을 들여 일러스트를 본문에 수록한 것도 이때 처음 시도했는데, 2명의 일러스트레이터에게 의뢰한 100장의 일러스트 중 김종수 작가의 판화풍 일러스트는 아직까지도 일반 양장 판본에 사용되고 있다. 당시 한정판 구매자에겐 저자가 직접 원하는 글귀를 적어주는, 지금으로썬 상상하기 어려운 서비스가 있었는데, 이를 위해 이영도 작가가 서울까지 올라와 500부의 한정판에 하나하나 글귀를 적어주었다. 당시에 이 고가의 한정판 판매에 자신이 없었던 편집부에선, 비록 한달여의 시간이 걸렸지만 결국 완판에 이르자 크게 고무되었다. 이때의 한정판 경험은, 이후『눈물을 마시는 새』의 일반판 양장본 출간 및 특별 한정판 출간 기획에 밑거름이 되었다.『폴라리스 랩소디』는 한정판 외에도 8권짜리 일반 반양장본으로도 함께 출판되었다가, 2015년에 양장본 5권으로 합본되어 출간되었다.

나는 돛대에 매달린 평수부.
선장님의 파이를 훔쳤다네.
노발대발한 선장님은 매달린 나에게 외쳤지.
이놈! 이놈! 키 드레이번에게 잡혀갈 놈!
키 드레이번이 우리 배를 덮쳤다네.

키 드레이번은 현상붙은 대해적.
바다 위에 떠다니는 모든 것을 훔친다네.
키 드레이번은 붙잡힌 선장님에게 외쳤지.
하?히!호! 널빤지를 가져와 뱃전에 걸어라!
불쌍한 선장님은 새파래졌다네.

『폴라리스 랩소디』 제1권, 제1장 「제국의 공적 제1호」 중

Date   /   /

"가슴을 펴라!
죽음은 양해를 구하지 않고 찾아오는 불청객이나,
우리 모두는 태어난 것으로 이미 그 손님의 방문 예고를
받은 셈이지."

『폴라리스 랩소디』제1권, 제1장 「제국의 공적 제1호」 중

"새장의 문을 열어본 적이 있소?"
"새장의 문을 열어 새로 하여금 그 메마른 날개에 자유의 공기를 적시도록 해본 적이 있소?"
"새장의 문을 여는 것이 그렇게 쉬운 거요? 그 새가 누려온 안락과 안전 대신 무자비한 자유를 주는 것이 과연 그 새를 위한 일이오?"

『폴라리스 랩소디』 제1권, 제1장 「제국의 공적 제1호」 중

Date   /   /

"언젠가는 당신의 그 잘난 마스크를 찢고 살려달라고 고래고래 고함 지르게 만들어주고 싶었지. 그 여자를 던져봐. 맹세컨대, 당신 몸에서 그 여자 몸무게만큼 잘라내어 그 여자를 뒤따르게 하겠어."

그때 율리아나 공주가 의혹이 가득한 말투로 말했다.

"저, 미안하지만 라이온 씨. 한 가지 물어보고 싶은 게 있는데요."

라이온은 오닉스의 동작을 세심하게 바라보며 대답했다.

"잠깐만요, 공주님. 지금 상황이 급한지라……"

"저도 급해요. 당신이 제 체중을 어떻게 아세요?"

『폴라리스 랩소디』제1권, 제1장 「제국의 공적 제1호」중

Date   /   /

키는 몸을 일으켰다. 그는 문득 자신이 피곤하다는 생각을
떠올렸다. 낮의 전투에서부터 지금까지 그는 온몸의 긴장을
늦추지 않고 있었다. 싱잉 플로라의 괴이하면서도 아름다운
노랫소리 속에서, 키는 자신이 항상 그러했다는 사실을
떠올렸다. 해적이 된 이후로 지금껏.
키는 두 자리가 넘는 햇수의 피로를 한꺼번에 느꼈다.
"나는 이제 자야겠다. 조용히 해라. 그렇지 않으면……"
키는 싱잉 플로라의 꽃봉오리를 향해 손을 뻗었다.
"너를 꺾겠다."
싱잉 플로라의 노래는 멎었다.
키는 손을 멈췄다가, 다시 끌어당겼다. 선장실은 이제
고요했다. 키는 그 고요 속을 조금 방황하다가 책상 위에서
불타던 촛불을 껐다. 고요에 이어 선장실에는 암흑이 찾아왔다.
대해적은 고요와 암흑 양쪽에 만족하며 잠이 들었다.

『폴라리스 랩소디』 제1권, 제1장 「제국의 공적 제1호」 중

255

Date   /   /

"나는 그 이름을 알지 못한다."
높은 곳에서 빛나고 있던 두 눈에 갑자기 지금까지와는 다른 빛이 떠오르기 시작했다. 라오코네스는 사실을 말하는 차분함으로, 하지만 판결을 내리는 단호함으로 말했다.
"내가 알고 있는 것은 네가 아무런 허락도 없이 나의 영토에 들어왔다는 것이다. 돌아가라. 일몰의 왕이 두 번씩이나 권고했음에도 불구하고 감사하며 물러나지 않는다면, 넌 전 세계를 상대로 네가 스스로의 목숨을 가질 자격이 없다는 것을 선포한 것이나 다름없으리라."

『폴라리스 랩소디』 제1권, 제2장 「미노—대드래곤의 성지」 중

257

Date   /   /

"인간이여. 너는 그 검의 소유자인 만큼 그 검의 검신에 있는 글귀를 알 테지. 800년 만에 처음 찾아온 손님에 대한 선물로서 그 글을 주고 싶군."

"복수는 복수를 원하는 자에게 복수한다."

『폴라리스 랩소디』 제1권, 제2장 「미노―대드래곤의 성지」 중

259

Date   /   /

"하, 하지만 자유가 없는 노예 생활이잖아요."

"자유? 글쎄요. 공주님은 자유의사에 따라 필마온 기사단장 발도 로네스에게 시집 가시는 것이었습니까?"

"그건……"

"자유는 환상입니다. 세상에 자유로운 사람은 아무도 없습니다."

『폴라리스 랩소디』 제1권, 제2장 「미노─대드래곤의 성지」 중

261

Date   /   /

262

"저는 열심히 일해서 밥을 먹으며 생활을 영위하는 자유인과 열심히 노를 저어서 숙식을 제공받는 노잡이 노예의 차이를 모르겠습니다. 형이상학적인 반대급부와 형이하학적인 반대급부의 차이일까요? 글쎄요. 그 반대급부를 얻기 위해 제공하는 것이 둘 모두 노동으로 똑같잖습니까. 그럼 반대급부도 똑같은 것이어야 하겠죠. 둘 다 노예 아닐까요."

『폴라리스 랩소디』 제1권, 제3장 「악마의 밤」 중

263

Date   /   /

264

"난 인도주의자야. 나 자신에 대해서만!"

『폴라리스 랩소디』 제1권, 제3장 「악마의 밤」 중

Date   /   /

"살해자의 목적이 한 인간의 말살이라면 신부의 경우는 살해할 수 없습니다. 미개인이나 이교도들이 신부님의 육신을 죽일 수 있을진 모르지만, 그분들은 모두 순교자가 되지요. 이 경우 살해자는 오히려 신부님들에게 영생을 부여한 것 같습니다."

『폴라리스 랩소디』 제1권, 제3장 「악마의 밤」 중

Date   /   /

"세계의 모습에 대해 화를 낼 수 있는 자는 두 가지 부류밖에 없어. 대부분은 자신의 모습에 대해 화를 내지만."
"천치와 영웅은 세계의 모습에 대해 화를 내죠."

『폴라리스 랩소디』 제1권, 제4장 「철탑의 인슬레이버 enslaver」 중

269

Date   /   /

"당신이 내 교사가 될 수 없다면, 그건 당신 자신에게도 마찬가지란 말이겠지. 자신을 납득시키는 것도 힘들어하는 의사라면 반갑지 않은데. 그리고 어느 쪽이냐면, 난 자신을 설명할 수 있는 편을 믿겠어."

『폴라리스 랩소디』제1권, 제4장「철탑의 인슬레이버 enslaver」중

Date   /   /

"공주님 당신. 본인이 멈춰 설 것을 알았소이까?"

"어릴 때 고양이를 길러봤거든요."

"뭐요? 고양이?"

"뒤도 돌아보지 않겠다는 듯이 거만하게 떠나가는 고양이일수록 반드시 뒤를 돌아보지요."

"본인이 왜 고양이요?"

"처음 볼 때부터 알았는걸요. 고양이는 전부 '당신'이지요. 그 주인까지도."

『폴라리스 랩소디』 제1권, 제4장 「철탑의 인슬레이버 enslaver」 중

273

Date   /   /

모든 공포는 두 번째 겪었을 때부터가 더 무섭다.
최초의 놀람이 배제되고 순수한 공포만 느끼기 때문이다.

『폴라리스 랩소디』 제1권, 제4장 「철탑의 인슬레이버 enslaver」 중

275

Date   /   /

"라이온 가라사대, 급속도로 가까워지는 사이는 급속도로 식는 법! 우리, 약간의 멀어짐으로 우리 관계에 그리움의 색채를 더해 볼까나?"

『폴라리스 랩소디』 제1권, 제4장 「철탑의 인슬레이버 enslaver」 중

277

"계속 걸어가도록 하게. 본인…… 가야 할 일이 있군. 빌렸던 것을 돌려줘야 할 시간이야."

"예?"

"본인이 대지로부터 받은 것, 이제 대지 당신께 돌려주려 하네."

"……쾌변 되세요."

『폴라리스 랩소디』 제2권, 제5장 「Royal blood's gift」 중

Date   /   /

"패스파인더의 고향은 패스야. 고향이 땅 위에 고정된 어떤 점을 가리키는 거라면, 패스파인더에겐 고향이 없어. 패스는 움직임이고 이어짐이지."

『폴라리스 랩소디』 제2권, 제5장 「Royal blood's gift」 중

Date   /   /

그들에게는 흐름 그 자체를 생으로 삼는 자가 있었다. 그 어떤 여건하에서도 자신의 '패스'를 설정할 수 있는, 그러지 못하면 죽어버리는 자가 있다.

『폴라리스 랩소디』 제2권, 제5장 「Royal blood's gift」 중

Date   /   /

"교회가 이교도인 당신 아버지를 비난하고, 제국이 혼족인 당신 아버지를 비난하고, 세상에 존재하는 모든 권위가 아버지를 힐난한다 해도…… 당신마저도 아버지를 힐난하고 그 아버지의 종속물인 자신을 힐난하지는 마세요. 그것이 잘못되었다는 것이 아니라 그럴 필요가 없는 거예요. 왜냐하면 당신은 권위의 종속물도 아니고 아버지의 종속물도 아니니까. 당신이 추구하고픈 선을 추구하세요. 휘리 노이에스."

『폴라리스 랩소디』제2권, 제5장 「Royal blood's gift」중

285

Date   /   /

"하지만 평등은 기호품이야."

"기호품?"

"평등은 모든 사람을 똑같이 대해 주는 것이 아냐. 그 사람이 원하는 만큼 대접해 주는 것이 평등이야. 이 늙은이가 평생을 살아오면서 체득한 지혜이니 믿어도 좋을걸세. 사람은 평등에는 관심이 없네. 자신이 원하는 것에만 관심이 있지. 따라서, 각자가 원하는 것을 만족시켜주면 사람들은 자기들을 평등하게 대해 준다고 좋아하는 거야. 여기서 배신스러운 문제는 자신이 받는 대접에 만족할 줄 아는 고귀한 작자는 별로 없다는 점이지만."

『폴라리스 랩소디』 제2권, 제5장 「Royal blood's gift」 중

287

Date   /   /

목숨을 경시하는 것이 아니다. 타인의 목숨을 자신의 목숨처럼 똑같이 소중히 여긴다는 말이다. 존경받을 만한 품성이지만, 이런 경우가 골치 아프다. 이 고귀하고 강직한 이는 그래서 자신의 목숨을 던질 만한 일이라 판단되면 무리 없이 타인의 목숨도 요구할 수 있는 것이다.

『폴라리스 랩소디』 제2권, 제6장 「Bladerunner」 중

289

Date   /   /

"인생의 어느 국면들에서, 갑자기 모든 것을 뛰어넘어 단숨에 영혼의 끝까지 도달해 버리는 순간이 있습니다. 그리고 그곳의 낯선 고요함에 놀라고 있을 때 어디선가 가느다란 소리, 평소 때는 무수한 잡념들의 파도 소리 때문에 듣지 못했던 소리가 들려옵니다. 제게는 그런 때가 세 번 있었습니다. 그리고 세 번째로 그 소리를 들은 것은 키 드레이번을 만났을 때였습니다. 당신에게도 분명히 그런 때가 있었을 거라 믿습니다."

『폴라리스 랩소디』 제2권, 제7장 「죽지 않는 선장」 중

Date   /   /

"글은 죽어 있어."

"글이 죽어 있다고요?"

"아, 언어라고 해도 되겠지. 언어는 죽어 있어. 언어는 사실에 종속된다고 생각되겠지만 절대 그렇지 않아. 언어는 사실의 근사치를 가질 뿐이지. 우리는 절대로 세계를 표현할 수가 없네. 우리가 세계를 표현할 수 있는 도구인 언어는 죽어 있어. 죽어 있는 것으로 살아 있는 것을 표현한다는 것은 말이 안 되지."

『폴라리스 랩소디』 제2권, 제8장 「불은 바람을 부른다」 중

293

Date   /   /

"남작님께서 죽은 과거보다 살아 있는 현실을 더 사랑하시는
것은 짐작합니다. 역사가가 아니라 연대기 작가가 되시기로
결심하셨으니까요. 그리고 남작님께서 자신이 그토록
사랑하시는 바로 '지금'이라는 것을 표현할 수 있는 수단을
가지지 못하신 것도 아닙니다. 예. 언어는 말해진 순간부터
고정되겠지요. 어떻게든 이 아름다운 지금을 표현해 보려 해도,
그것은 표현된 순간부터 죽은 과거가 되겠지요."
남작은 졸음에 취하여 희미하게 고개를 끄덕였다. 남작은
어쩌면 자신이 울고 있는지도 모른다고 생각했지만 거기에
크게 신경 쓰진 않았다. 오스발의 목소리는 이제 산들바람처럼
들려왔다.
"하지만 그래도 남작님은 훌륭한 연대기 작가이십니다."
"어째서?"
"지금을 사랑하시니까요."

『폴라리스 랩소디』 제2권, 제8장 「불은 바람을 부른다」 중

Date   /   /

"새장의 문을 열어본 적이 있나, 마법사?"

세실은 간단히 대답했다.

"열면, 다시는 닫을 수 없지."

『폴라리스 랩소디』 제2권, 제8장 「붉은 바람을 부른다」 중

Date   /   /

298

"낙수는 바위를 뚫습니다."
"아닐세. 바위가 낙수를 받아들이는 거지."

『폴라리스 랩소디』 제2권, 제8장 「붉은 바람을 부른다」 중

299

Date   /   /

"선장님은 거울입니다. 아무도 선장님을 볼 수는 없습니다. 단지 선장님께 비친 자기 자신을 볼 수 있을 뿐입니다."

『폴라리스 랩소디』 제2권, 제9장 「구름이 고요 속을 흐를 때」 중

Date   /   /

"목적지가 달라도 여정이 겹친다면,
방랑자들은 서로 친구가 될 수 있는 법이잖나."

『폴라리스 랩소디』 제2권, 제9장 「구름이 고요 속을 흐를 때」 중

303

Date   /   /

우리는 여기서 무엇을 하고 있는가. 대답해 다오.
찢어 발겨지는 몸들, 유혈의 강, 검날 위로 떨어지는 눈물. 이미
목이 쉬어버린 사내들은 사랑하는 가족의 이름 대신 불경하고
험상궂은 말들을 외치며 인간애라는 낡은 믿음의 장사를
치른다.

『폴라리스 랩소디』 제3권, 제10장 「새장 속의 왕」 중

305

Date   /   /

1+1이 2라고 생각하는가? 그것이 절대로 틀릴 리가 없다고 믿는가? 그렇지 않다. 1+1이 2가 되는 것은, 우리가 그런 결과가 나오는 세상에 살고 있기 때문이다. 이유는 그것뿐이다. 만약 그런 결과가 나오지 않는 세상에 살고 있는 모모한 존재라면 우리의 이런 믿음(지혜)을 어처구니없는 헛소리로 치부할 것이다. 모든 지혜는 단순히 세계에 대한 경험을 취합하여 과거에 그랬으니 미래에도 그럴 것이라 믿는 '믿음'일 뿐이다.

『폴라리스 랩소디』 제3권, 제10장 「새장 속의 왕」 중

307

Date   /   /

"자신은 그 고통 이겨내려 한 적 없으니 고마워할 필요가 없다시더군요. 내가 제대로 이해했는지 모르겠지만 후작님은 이렇게 말한 것 같아요. 사랑은 사랑이고 고통은 고통이다. 서로 길항 작용을 하지 않는…… 그러니까 한쪽 때문에 다른 쪽이 방해받지는 않는다. 고통 때문에 사랑이 식는 것도 아니고 사랑 때문에 고통이 약화되는 것도 아니다……"
"둘 다 나의 감정이다."

『폴라리스 랩소디』 제3권, 제11장 「후회는 부정된 자신에의 그리움」 중

Date   /   /

"어쨌든 선택이 내려지면 행동에 들어가겠지요. 그런데 하나를 선택해도 해야 할 행동은 두 가지인 것 같습니다."
"왜 두 가지이죠?"
"선택한 길에 대한 긍정도 있겠지만, 선택하지 않은 길에 대한 부정도 하겠지요."
"부정?"
"예. 선택한 것을 꾸준히 밀고 나가겠지만, 마음 한구석으론 자기 자신에게 합리화를 해줘야 하지 않을까요. 이게 훨씬 나은 거라는 식으로, 그 길을 선택할 필요는 없었다는 식으로. 합리화는 그렇게 두 가지 방법으로 동시에 이루어지는 것 같습니다. 자기가 선택한 방식에 대한 긍정도 중요하지만, 자기가 선택하지 않은 방식에 대한 부정도 꽤 중요한 것 같습니다."

『폴라리스 랩소디』 제3권, 제11장 「후회는 부정된 자신에의 그리움」 중

Date   /   /

"선택되지 않은 방식에 대한 부정을 잠깐 볼까요. 이미 포기된 방법이지만, 사실은 그것도 그 자신이잖습니까. 다른 자의 것이 아니라 자신의 것이죠. 따라서 그것은 사실은 자기 부정인 것입니다. 그러나 사람은 자기 부정당하는 것을 싫어하죠. 그래서 부정을 계속하면서도 진짜 그게 필요없었을까? 그게 나빴을까? 하고 한두 번은 되물어보게 되는 거죠. 그걸 간단하게 뭐라고 하나요?"

"후회!"

"그렇습니다. 후회는 선택되지 못했던 자신의 반란이겠지요. 아무리 선택을 잘했어도 한두 번쯤은 생겨나게 마련인 의혹이나 후회는, 부정된 자신이 긍정받고 싶어서 일으키는 반항 아닐까요."

『폴라리스 랩소디』 제3권, 제11장 「후회는 부정된 자신에의 그리움」 중

Date   /   /

"넌 누구냐?"

"나? 라이온입니다. 포기해 버리고 망각해 버려야 마땅할 것들을 아직까지 끌어안고 사는 자신을 비웃어주기 위해 스스로를 희화화하는 얼간이입니다. 차갑기만 한 육지에서 길 잃고 슬픔을 느끼는 갈매기입니다. 비우기에도 애매하고 그냥 놓고 보기에도 못마땅한 반쯤 찬 쓰레기통입니다."

『폴라리스 랩소디』 제3권, 제12장 「모루와 망치, 그리고 다섯 번째의 검」 중

Date   /   /

"하지만 그게 우리 사는 법이잖습니까. 브라도 경. 상대방이 바라지도 않을 참견을 해주고, 진심일 거라 믿어지지도 않는 참견을 받아주면서 그래도 따스하게 살아야 되잖습니까. 그렇잖으면 너무 외롭고 황량하지 않겠습니까."

『폴라리스 랩소디』 제3권, 제12장 「모루와 망치, 그리고 다섯 번째의 검」 중

Date   /   /

"보통은 나도 그렇게 해. 인상을 만들고 느낌을 만들고, 그래서 내 속에 하나 만들어놓은 다음…… 상대방을 만나면 그를 보는 대신 내 속에 있는 것을 꺼내보지. 그러곤 상대방 대신 내 속에 있는 그와 대화해. 그리고 그걸 대화라고 믿지. 때론 그걸 사랑이라고 믿기도 하고 증오라고 믿기도 하고…… 그래. 나도 그렇게 해."

『폴라리스 랩소디』 제3권, 제12장 「모루와 망치, 그리고 다섯 번째의 검」 중

319

Date   /   /

"받아들일 수 없으면 걷어차면 될 거 아닌가."

"내 열쇠인 것 같아서 걷어찰 수가 없단 말이다! 멍청아!"

"열쇠? 무엇으로의."

"몰라. 아직 열어보지 못했기 때문에 알 수가 없어."

Date   /   /

"자기 기만으로 영위하는 삶은 그 길이만큼의 죄악이므로."
"쌍! 그렇다면 깨달음 다음에 영위하는 삶은 그 길이만큼의 허무 아니오?"

『폴라리스 랩소디』 제3권, 제13장 「제왕의 낙조」 중

323

"어디서 빌려올 작정인가."

"뭐라고 하셨소?"

"명예 말이다. 어디서 빌려올 작정인가?"

서 레빌의 얼굴이 굳었다. 키는 쏘는 듯한 눈으로 주군을 배신한 기사를 노려보았다.

"가지고 있지도 않은 것으로 거래할 생각은 하지 마."

『폴라리스 랩소디』제3권, 제13장 「제왕의 낙조」중

325

Date / /

"세계의 역사가 바뀌었을 거라고 말하는 자들이 많지만, 그건 몽상가들의 시간 때우기용 공상거리일 뿐. 역사에서의 가정은 무의미한 거야."

『폴라리스 랩소디』 제3권, 제13장 「제왕의 낙조」 중

327

"비명은 모두 똑같아. 나 여기 있음을 바로 자신에게 알리는 자기 긍정이지. 그게 뭔지 모르겠지만 킬리에겐 저토록 몸서리치게 자신을 긍정할 필요가 있었던 거겠지."

"예?"

"아마도 그가 부정했던 자신이 그에게 돌아왔겠지. 그러니 그는 부정했던 자신에 맞서 긍정했던 자신을 변호할 필요가 생겼을 테고, 그러니 소리 높여 외치는 거지. 내가 선택했던 내가 여기 있다고."

"도대체 무슨 말씀을 하시는 건지…… 비명은 무서우니까 지르는 거잖습니까."

"뭐가 무서운데?"

"예?"

"무서운 게 뭐냐고. 어떤 때 무서운데?"

"목숨이 위험하거나, 뭐 그럴 때……"

"그래. 자신이 사라질지도 모른다는 거 아닌가. 자신이 부정될 것 같다는 것 아닌가. 그러니 소리 높여 자신을 긍정하는 것 아닌가."

『폴라리스 랩소디』 제3권, 제13장 「제왕의 낙조」 중

329

Date   /   /

"조국이…… 환상이라고 하셨습니까?"
"그건 환상이야. 물론 국가라는 것은 실재하지. 하지만 그건 검이나 마차나 배 같은 것과 마찬가지로 사람이 만들어 사용하는 것이야. 하지만 조국이라는 것에는 도구의 개념 이상의 환상이 있지. 마차나 배를 위해 죽는 사람은 없어도 나라를 위해 죽는 사람이 있는 것은 그 때문이지. 그렇듯 그 환상은 유용해…… 무엇보다도 조금 전 보여줬듯이 사람들로 하여금 자신들이 똑같이 평등하다고 여기게 만들 때 특히 유용하지."

『폴라리스 랩소디』 제3권, 제14장 「얼어붙은 검」 중

331

"혼자 듣는 봄밤의 빗소리 사이로 들려오는 것이라고 하겠어."
키의 눈꺼풀이 조금 꿈틀거렸다. 하지만 세실은 그것을 보지 못한 채 계속 말했다.
"9 다음에 10이, 99 다음에 100이 오게 하는 그 엄청난 힘이라고 하겠어. 더 이상의 '왜'가 필요해지지 않는 최초의 '그래서'라고 하겠어. 불꽃의 무게만 한 마음의 무게로 가장 무거운 우주를 지탱하게 하는 지지점이라고 하겠어. 사람이 볼 수 있는 가장 먼 것을 바로 그 눈동자 앞의 눈꺼풀 속에 감추어놓은 자라고 하겠어. 하늘과 땅을 최초로 열어버린 그 무신경함이라고 하겠어. 어느 날 느닷없이 기억나는 모든 주소를 향해 너 지금 살아 있냐고 묻는 편지를 쓰고 싶어지게 만드는 기분이라고 하겠어."
세실의 가슴이 크게 부풀어올랐다. 그리고 그녀는 긴 한숨을 내쉬며 말했다.
"그러지 않아도 좋을 때와 장소에서도 나를 끝없이 안타깝게 만드는 것이라고 하겠어."

『폴라리스 랩소디』 제4권, 제15장 「불꽃의 밤」 중

333

Date   /   /

"그래서 그렇게 자유로운 건가요?"

"네?"

"그래서 그렇게 자유로운 거냐고 물었어요."

"공주님. 저는 노예입니다. 자유와는 가장 먼 거리에 있습니다."

"거리는 창조지요. 그렇군요. 그래서 그렇게 자유로운 것이군요."

『폴라리스 랩소디』 제4권, 제15장 「불꽃의 밤」 중

335

Date   /   /

"노예야, 애인이야?"

"비슷한 거 아냐? 사랑하는 사람은 노예로 만들거나 노예가 되어줘야 된다던데."

『폴라리스 랩소디』 제4권, 제16장 「새벽의 사수」 중

337

"그래. 너도 많이 들어본 것일 게다. 나의 원수 중의 원수이신 주여. 나의 고난에 고난을 선사하시는 주여. 들어봤지? 그게 이 세상이 주는 고통과 두려움에 지친 인간의 주님에 대한 원망인 성싶으냐? 아니다. 그것은 더 많이 사랑하지 못하는 인간의 경건한 자기 고백이다. 더 사랑하고, 더 사랑하고, 더 사랑해야 한다. 죄는 더 사랑하지 못하는 것이다. 악은 더 사랑하지 못하는 것이다!"

『폴라리스 랩소디』 제4권, 제16장 「새벽의 사수」 중

339

Date   /   /

"나는 라이온 화이어하트 딜레도. 그대들의 탄원이 나를 불렀고, 그래서 나는 이제 새벽의 눈을 쏘려 한다."

『폴라리스 랩소디』 제4권, 제16장 「새벽의 사수」 중

341

Date   /   /

수평선 위의 하늘의 한 부분이 갑작스럽게 어두워졌다.
그리고 바로 그곳에서 태양이 떠올랐다.
심홍색 원반의 윗부분이 수평선 위로 도드라졌다. 에름 후작과 세실은 재빨리 라이온을 돌아보았다. 그리고 관람대에 서 있던 사람들도 라이온을 쳐다보았다. 라이온은 천천히 팔을 들어올려 그것을 고정시키고는 시위를 끌어당겼다.
햇빛을 정면으로 받는 그의 상체가 황금빛으로 꿈틀거렸다.
계속 당겨지던 시위가 갑자기 라이온의 손을 벗어났다.
시위를 귀 옆에 고정시키는 과정이 없었다. 라이온은 그대로 쏘아버렸고 화살은 하늘의 한 점을 향해 매섭게 사라졌다.
그리고 에름 후작은 뭔가가 이상하다는 느낌을 받았다.
파도 소리와 바람 소리도 없었다.
거의 절대적인 고요함이었다. 후작은 숨이 가빠지는 것을 느꼈다. 그의 눈이 부지불식간에 수평선 쪽으로 옮겨져 갔다.
시위를 떠났던 화살은 이미 사라져 있었고…….
태양도 사라졌다.

『폴라리스 랩소디』 제4권, 제16장 「새벽의 사수」 중

343

Date   /   /

344

좋은 친구는 사귈 수 있는 기간보다는 만났다는 사실에 감사할 일이다. 그것이 인생의 황혼에 찾아온 마지막 친구라도.

『폴라리스 랩소디』 제4권, 제16장 「새벽의 사수」 중

Date   /   /

"세상이 공정하다는 믿음은 어린애에게 꼭 필요한 겁니다. 어른이 되면 더 이상 그런 것은 믿지 않게 되겠지만, 어쨌든 그건 감미로운 믿음이지 않습니까? 노력한 대로 보답받는다. 뿌린 대로 거둔다…… 정말 그렇다면 세상에 어떻게 악인이 있겠습니까. 죄에 반드시 벌이 따를 텐데 누가 죄를 짓겠습니까. 세상이 얼마나 아름답겠습니까."

『폴라리스 랩소디』 제4권, 제16장 「새벽의 사수」 중

Date   /   /

"그렇다면, 키 선장님은 당신의 욕망을 그대로 돌려줬단 말입니까? 거울처럼?"

"복수죠."

"복수?"

"복수의 사전적 의미를 아십니까? 해를 받은 본인이나 그 친척, 혹은 친구들이 똑같은 방법으로 가해자에게 해를 돌려주는 행위입니다. 똑같다는 점에 주의하십시오. 눈에 눈, 이에 이. 하지만 이렇게 생각해 볼 수도 있지 않을까요? 사랑에 사랑, 자비에 자비. 욕망에는 성취."

『폴라리스 랩소디』 제4권, 제16장 「새벽의 사수」 중

"적은 반대쪽에 서 있는 자입니다. 키 선장님은 제국의 공적입니다. 그는 제국의 반대쪽에 서 있는 자이며, 제국을 비추는 거울입니다. 거울에 비치는 모습이 무섭고 끔찍한 것은 과연 누구의 모습이 무섭고 끔찍하기 때문일까요?"

『폴라리스 랩소디』제4권, 제16장「새벽의 사수」중

Date   /   /

펠라론 강의 수면에서는 태양의 박편들이 군무를 춤추며 강물을 황금빛으로 물들이고 있었고 그늘빛 해오라기들이 수면 위로 조용히 날개치고 있었다. 강가에 자리잡고서 펠라론 강에 제 모습을 비춰보고 있는 웅장한 건물들은 여름 한가운데서도 서늘한 설광으로 빛나고 있었다. 열주와 하얀 발코니들. 광장을 수놓은 페퍼민트 블루의 포석들은 그 자체로 성화(聖畵)라 할 만하다. 멀리, 구름보다 더 먼 곳이 아닌가 생각될 정도로 멀리 북쪽의 자케산 기슭으로는 은빛 펠라론 파인들의 군림이 산자락을 타고 흐르는 너울처럼 부드럽게 흐르고 있었다. 신심 깊은 신도들 중에서도 꽤 많은 수의 신도가 오펠 2세가 은혈을 흘린 자리에서 저 펠라론 파인이 자라났다고 믿고 있지만 그것은 사실과 다르다. 오펠 2세 자신도 법황으로 즉위하기 전 저 펠라론 파인에 대한 시를 몇 수 남겼고 그 이전의 법황들도 펠라론 파인의 은빛을 신심 깊은 신도에 비견하는 칙령들을 남겼으니까. 하지만 누가 뭐래도 은혈의 법황과 은빛 펠라론 파인은 잘 어울리는 짝임에 틀림없다.

『폴라리스 랩소디』 제4권, 제17장 「Wedding March」 중

"저는 시간에 아쉬움을 느끼지 않는 나이입니다. '당장'이라는 것은 필요없습니다. '확실히'가 필요합니다."
젊은이는 침착하질 못해서 시간을 낭비하고, 늙은이는 시간이 없어서 침착함을 잃는다. 그래서 젊은이가 침착함을 가졌을 경우 이토록 등골 서늘한 말을 들을 수 있는 것이다.

『폴라리스 랩소디』 제4권, 제17장 「Wedding March」 중

Date   /   /

"모든 구조에는 그런 것이 있어야 하지. 내부의 구조를 지키기 위해 바깥의 영향을 어느 수준에서 차단하는 장치. 생물이라면 그 피부일 테고 건축물이라면 그 설계일 테고 사회 구조면 그 규범이지. 이제 이런 것을 생각해 볼까. 교회의 규범은 뭐지? 신앙이야. 순교는 용납되지만 배교는 용납되지 않아. 교회는 목숨보다 신앙을 더 중요하게 여긴다는 말이지. 그래서 순교자들은 이교도들의 칼날에 반항하지 않고 자신의 목을 내놓는 거지."

"말씀하신 대로입니다."

"그렇다면 순교는 신앙을 위해 자기 자신에게 저지르는 범죄야."

"예?"

"살인 방조야. 알겠나? 자기를 죽게 내버려뒀으니까."

『폴라리스 랩소디』 제4권, 제17장 「Wedding March」 중

357

Date   /   /

"자유 의지라는 것이 어쩐지 신께서 주신 어음에 배서할 것인지 말 것인지 결정할 권리에 지나지 않는다는 느낌이 들기는 합니다만. 결국 제 문제는 그것인 것 같습니다. 그 어음의 액수가 성전이라는 훌륭한 회계장부에 의해 다 결정되어 있다는 점. 왜 신은 우리에게 공수표를 주시지 않으셨을까요? 인간이 할 수 있는 것은 그저 배서할 것인지 말 것인지 결정하는 행위뿐입니까? 액수를 적어넣을 수는 없습니까?"

『폴라리스 랩소디』 제4권, 제17장 「Wedding March」 중

359

Date   /   /

"면천? 싫어. 신분에 나를 돌려주고 싶진 않아. 정의의 실천? 싫어. 정의에게 나를 돌려주고 싶진 않아. 공주 구출은 여가 활동이었을 뿐이야. 세기의 신부? 싫어. 세기의 신부에게 나를 돌려주고 싶진 않아. 아무것도 안 주기 위해서 아무것도 안 받는 자유인. 하아, 그대는 세상의 왕."
"노랫말 같군요."

『폴라리스 랩소디』 제4권, 제18장 「산폭풍, 평야로」 중

361

Date   /   /

362

"당신을 사랑하지 않아요."

"예."

"나는 당신을 사랑하지 않아요."

"예."

"나는 절대로 당신을 사랑하지 않아요."

"예."

"조만간 가을이겠지요. 추우니까, 안아줘요."

『폴라리스 랩소디』 제4권, 제18장 「산폭풍, 평야로」 중

363

Date   /   /

"죽음 자체는 무서운 것이 아냐. 사람들은 죽음이 가져오는 기회의 상실을 무서워하는 거지."

『폴라리스 랩소디』 제4권, 제18장 「산폭풍, 평야로」 중

365

Date   /   /

"라이온의 평가인지 에름 후작의 평가인지는 모르겠지만, 어쨌든 그에 의하면 너는 복수 그 자체라더군. 나는 그 말이 재미있다고 생각해."

"어떤 점에서."

"복수. 복수는 되돌려주는 것이지. 그렇다면……"

"그렇다면?"

"사랑도 복수라고 할 수 있겠지."

"뭐?"

"사랑은 대상이 있어야 되는 거야. 대상 없는 사랑은 없지. 눈에는 눈, 이에는 이, 아침 인사에는 아침 인사, 노래에는 환호, 키스에는 키스, 애정에는 애정……"

세실은 빙긋 웃었다.

"생각해 보니, 사람이 사람에게 주는 모든 좋은 것들은 복수군."

『폴라리스 랩소디』 제4권, 제18장 「산폭풍, 평야로」 중

Date   /   /

"사람들은 무의식중에 그것을 알고 있지. 복수라는 말이 섬뜩하면서도 뭔지 모를 아련한 그리움, 통쾌함 따위를 주는 것은 그 때문이겠지. 그리고 사람이 경멸이나 증오보다 무시를 더 참기 어려워하는 것도 그 때문일 테고. 경멸은 복수의 한 형태지만 무시는 아무것도 돌려주지 않으니까."

『폴라리스 랩소디』제4권, 제18장「산폭풍, 평야로」중

Date   /   /

추억마저 바래지는 아득한 저편에
잃어버린 내 꿈, 아직 있을까.
흩어진 별빛 어깨 위에 쌓일 때
나, 과거의 슬픔에 고개 떨구지.
하룻밤의 동행도 거부하는 달
구름 뒤로 사라져 나를 피하고
밤의 신음이 바람 되어 울부짖을 때마다
내 속 어딘가가 또 바스러진다.
어깨 뒤로 돌아본 밤하늘이 무서워
지친 발걸음은 앞으로만
그러나 어디에도 잉걸불 하나 없고
모든 것 위로 흐르는 내 눈물.
잊혀진 탑에서 미노 만까지.
아흔아홉 눈의 섬에서 하늘의 다리까지.
그러나 어디에도 잉걸불 하나 없고
모든 것 위로 흐르는 내 눈물.

『폴라리스 랩소디』 제5권, 제19장 「다섯 검의 주인」 중

371

"후회라는 이름의 그리움은 뒤쪽뿐만 아니라 앞쪽으로도 작용하는 것 같다."

"미래를 후회한다는 거요?"

"후회했다는 거다."

멀리서 기러기의 울음소리가 들려왔다. 파도 소리는 현실에서, 그리고 그들의 상념 속에서 울리고 있었다. 파킨슨 신부는 길고 옅은 한숨을 내쉬고 말했다.

"하늘빛이 너무 곱지 않느냐?"

데스필드는 히죽 웃었다.

"오늘 아침에 새로 칠해 놓은 것 같소."

"그래. 저 하늘 아래 어디쯤엔 테리얼레이드도 있겠지. 그곳은 지금 어떨까."

"살인, 방화, 약탈, 강간, 폭력, 사기가 두서없이 행해지고 있겠지."

"충분하구나."

『폴라리스 랩소디』 제5권, 제19장 「다섯 검의 주인」 중

373

Date   /   /

"이 나이가 되면 다가오는 것이 잔물결인지 대해일인지 정도는 구별하는 법이지."

『폴라리스 랩소디』 제5권, 제19장 「다섯 검의 주인」 중

375

"역사가 증언하는 바, 언제나 사람들을 번영하게 했던 것은 조용하고 양식 있는 정부였소. 하지만 언제나 사람들을 행복하게 했던 것은 난폭하고 무례한 정부였지요. 생각 모자란 이들과 열성 부족한 역사가들은 그런 종자들에게 열광이라는 자양분을 공급했고, 정신나간 독재자라는 코믹한 종자가 절대로 멸종되지 않고 끈질기게 부활하는 것 또한 그런 토양이 사라지지 않기 때문이오. 그래서 난 폭군보다는 그들에게 환호를 보낸 군중들에게 역사의 죄를 물어야 된다는 생각을 가지고 있소. 솔직히, 폭군의 압제에 신음하는 가련한 인민 어쩌고 하는 표현을 보면 속이 뒤집힐 것 같소이다. 그건 폭군의 지배를 허락한 그들이 당연히 받아야 하는 죗값에 지나지 않아요. 따라서 나는 다벨에 대해서는 아무것도 동정하지 않고, 휘리 노이에스에 대해서 역시 특별한 적개심 따위는 가지고 있지 않소."

『폴라리스 랩소디』 제5권, 제20장 「긴 노래」 중

377

Date   /   /

"다만, 사랑할 수 있을까요?"
파킨슨 신부는 이 간단한 문장에 엄청난 질문을 담아낸 율리아나의 화법에 먼저 감명받았다. 신부는 기도하듯 두 손을 모으고는 그 손에 눈길을 떨어트렸다.
"저는 그러고자 합니다."
"에름 후작님도, 신부님도…… 사랑해 봐야 보답이 오지 않는 상대를 다만 사랑하겠다시는군요. 발은 그 사랑이 자기 것이니 무슨 문제냐고 했지만, 정말 그럴 수 있을까요. 데스필드는…… 예. 패스파인더에게 목적은 없지요. 다만 걸어갈 뿐. 하지만 사람들이 정말 다만 걸어갈 수 있을까요?"
"다만 살아가기는 하잖습니까?"

『폴라리스 랩소디』 제5권, 제20장 「긴 노래」 중

379

Date   /   /

"범주라는 것은 언제나 본질의 파편만을 가리킬 뿐 본질 그 자체에 대한 인식에는 별 도움이 되지 않지."

『폴라리스 랩소디』 제5권, 제20장 「긴 노래」 중

381

Date   /   /

"지위나 능력 같은 것은 필요없지요. 어떠어떠한 행동만은 꼭 해야 한다는 강박관념도 필요없죠. 그저 사랑하면 되죠. 파킨슨 신부님이 말씀하셨듯이."

율리아나는 갑자기 고개를 도리도리 흔들었다.

"그렇다면, 거꾸로 본다면 왕이 되지 말아야 할 이유도 없는 거죠? 흐음. 그래요. 그리고 사람들을 사랑해 주면 되겠지요. 그런데 왕이 된다면 더 많은 사람들을 사랑할 수 있지 않을까요. 그런데…… 더 많은 사람들을 사랑하는 것과 한 사람을 사랑하는 것에 차등을 둘 수 있을까요? 어려워라, 어려워라."

오스발은 무심히 말했다.

"데스필드에겐 같겠지요."

"예? 뭐라고 했지요?"

"너를 사랑하는 것과 그들을 사랑하는 것은, 데스필드에게는 같은 것 아닐까요. 모두가 당신이니까요."

『폴라리스 랩소디』 제5권, 제20장 「긴 노래」 중

383

"끝은 짧은 거야."

휘리는 지나가는 말처럼 말했다. 바탈리언 남작은 고개를 갸웃했다.

"예?"

"아무리 긴 노래라도 시작과 끝은 짧지. 노래가 길다는 것은 중간이 길다는 거야. 그리고 그건 모든 사물에 통용되는 말이지. 막대기가 길다? 막대기의 중간이 너무 긴 거야. 삶이 짧다? 삶의 중간이 너무 짧은 거지. 키가 크다? 머리끝과 발바닥은 괜찮은데 그 중간이 너무 긴 거야. 시작과 끝은, 언제나 같은, 한순간의 번득임. 중간이라는 건 시시한 거야. 시작과 끝이야말로 놀라운 기적이지."

휘리는 씩 웃었다.

"긴 노래보다는 강렬한 끝이 좋지. 그들에게 기적을 선물할 때가 되었어."

『폴라리스 랩소디』 제5권, 제20장 「긴 노래」 중

385

Date   /   /

"전쟁터와 수술실의 공통점은? 붉은 피야. 그런데 피의 붉은색을 계속 본 눈은 자신도 모르게 그 반대되는 색을 찾게 되지. 녹색의 잔상을 보게 되는 거야. 그런 잔상은 사람을 혼란시키지. 수술실이나 전쟁터 같은 흥분의 도가니에서 그런 혼란은 정말 위험하지. 그래서 의사들은 서로를 보며 놀라지 않도록 녹색을 입고, 음유시인은 피의 광기에 젖은 전사들을 더 흥분시키지 않기 위해 녹색 옷을 입지."

『폴라리스 랩소디』 5권, 제21장 「별의 꿈」 중

Date   /   /

"24시간 전의 생활 방식이 지금은 통하지 않는 시대에 살고 있다는 것도 유쾌한 일이야."

『폴라리스 랩소디』 5권, 제21장 「별의 꿈」 중

389

"아무나 나무들이 늙어가는 소리를 듣는 것은 아니야. 삶 곳곳에 배어 있는, 삶과 하나인 죽음을 볼 수 있게 되려면 저 종족은 더 자라야겠지."
"더 자랄 수 있다고 보나? 더 팔이 길어져 더 높은 별을 만질 수 있다고 보나?"
"난 이루어질 수 없는 꿈을 꾸는 종족은 아름답다고 생각해. 그것이 아무리 우스꽝스럽더라도."

『폴라리스 랩소디』 5권, 제21장 「별의 꿈」 중

고정 관념이 위협당하면 사람은 환상에서 답을 끌어낸다.

『폴라리스 랩소디』 5권, 제21장 「별의 꿈」 중

393

Date   /   /

"아름다운 새를 소유한 자는 그 새의 주인이 아니라 노예입니다. 새장을 만들고 먹이를 줘야 하고 관심을 보내야 합니다. 깃털을 가다듬고 발톱을 깎아줘야겠지요. 새가 들려주는 노래에 대한 복수로써…… 그는 많은 대가를 치러야 합니다. 그는 새의 노예입니다. 주인이 되고 싶다면, 진실로 주인이 되고 싶다면 새장의 문을 열고 새를 날려보내줘야 합니다. 그때 비로소 그는 소유의 속박에서 벗어나 새의 주인이 되고 그 자신의 주인이 될 수 있겠지요."

오스발은 빙긋 웃었다.

"그렇다면 진정한 주인은 어떤 이겠습니까?"

"아무것도 소유하지 않는 자……"

"그렇습니다."

『폴라리스 랩소디』 제5권, 제22장 「세상의 주인」 중

395

Date   /   /

"입버릇처럼 그분을 증오한다고 말하는 이 많아도 그것은 모두 말 그대로의 뜻이 아닙니다. 입버릇처럼 자유를 원한다고, 자유가 아니면 죽음을 달라고 외치는 이들도 사실은 자유를 원하는 것이 아닙니다. 그자들 중 자유를 원하는 이는 아무도 없습니다."

"자유를 원하는 이가 없다고요?"

"자유는 타인에게 간섭받지 않는 것입니다. 하지만 사람이 무간섭을 견딜 수 있을까요? 아무도 사람을 간섭하지 않는다면 그는 일주일도 지나지 않아 미쳐버릴 겁니다. 자유를 원한다고 말할 때, 그는 간섭을 받지 않겠다고 말하는 것이 아닙니다. 그는 자신에게 가해지는 간섭만큼 자신도 남을 간섭할 수 있게 되기를 바라는 겁니다. 자신의 자유를 원하는 것이 아니라 남의 자유를 뺏겠다는 것입니다. 받은 만큼 돌려주는 것. 그들은 복수의 권리를 원하는 것입니다."

『폴라리스 랩소디』제5권,
제23장 「자유, 복수, 해류를 위한 리프레인 refrain」중

397

오스발은 눈을 떴다.

주위를 둘러싼 안개는 이미 푸르스름한 빛깔을 띠고 있었다.
아침이 머지 않았다. 오스발은 노를 끌어당겨 보트 위에
내려놓았다. 보트는 이제 해류를 타고 흐르고 있었다. 오스발은
두 손을 모아 깍지 낀 다음 무릎에 얹었다. 그리고 오스발은
어둠을 향해 말했다.

"둘 다는 안 되는군요. 그들은 아직 두 개의 태양을 용납하지
못합니다. 하지만 언젠가는 가능하겠지요."

안개가 갈라졌다. 안개 저편으로 거대한 그림자가 흐릿하게
움직였다. 오스발은 일어났다. 보트 위에 꼿꼿이 선 오스발은
푸르른 안개를 바라보며 말했다.

"오십시오. 이 새벽에 하나는 떨어져야겠지요."

안개 너머로 일렁이는 그림자는 끝없이 커지고 있었다. 보트
위에 서 있던 오스발은 고개를 꺾어 위를 쳐다보아야 했다.
오스발은 두 팔을 옆으로 벌렸다.

"제국의 공적 제1호와 답을 구하는 마법사여."

소용돌이치던 안개가 갑자기 찢어지며 저 높은 곳에서
자유호의 이물이 나타났다.

『폴라리스 랩소디』 제5권,
제23장 「자유, 복수, 해류를 위한 리프레인 refrain」 중

399

Date   /   /

자, 이제 여러분만의 필사를 해보세요.
꼭 필사해 볼 만한 최애 문장이나,
또 필사해 보고 싶은 문장을요.
여기서부터 잉크 전용지라
만년필로도 자유로이 필사해 보세요.

이영도 작가의 소설들

드래곤 라자 (전8권) (오디오북 출시)
퓨처워커 (전4권)
그림자 자국 (오디오북 출시)

눈물을 마시는 새 (전4권) (오디오북 출시)
피를 마시는 새 (전8권) (오디오북 2026년 출시 예정)

폴라리스 랩소디 (전5권)

오버 더 호라이즌 (오디오북 출시)
오버 더 초이스 (오디오북 출시)
어스탑 경의 임사전언 (오디오북 출시)

별뜨기에 관하여 (일부 오디오북 출시)

피를 마시는 새 출판 20주년 일러스트 특별판 (전4권)
62점의 일러스트와 패브릭 한정 양장, 읽기용 페이퍼백 4권 증정

후회는 부정된 자신에의 그리움 이영도 필사노트 vol.1 폴라리스 랩소디 외
나는 단수가 아니다 이영도 필사노트 vol.2 드래곤 라자 외 (근간)
셋이 하나를 상대한다 이영도 필사노트 vol.3 눈물을 마시는 새 외 (근간)